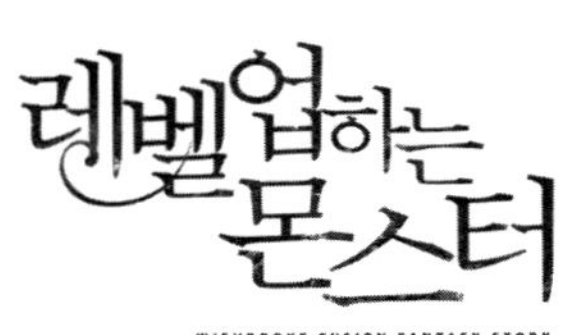

WISHBOOKS FUSION FANTASY STORY

지갑송 퓨전 판타지 장편소설

레벨업하는 몬스터 2

지갑송 퓨전 판타지 장편소설

초판 1쇄 찍은 날 | 2017년 11월 7일
초판 1쇄 펴낸 날 | 2017년 11월 14일

지은이 | 지갑송
펴낸이 | 예경원

기획 | 위시북스
편집책임 | 이규재
편집 | 이즈플러스

펴낸곳 | 예원북스
등록번호 | 제396-2012-000132호
등록일자 | 2012. 7. 25
KFN | 제1-174호

주소 | 경기도 고양시 일산동구 호수로 646-24 위너스21 II 빌딩 206A호 (우)10401
전화 | 031-819-9431 팩스 | 031-817-9432
E-mail | yewonbooks@naver.com

ISBN 979-11-6098-623-5 04810
979-11-6098-621-1 (set)

※ 이 도서의 국립중앙도서관 출판시도서목록(CIP)은 서지정보유통지원시스템 홈페이지(http://seoji.nl.go.kr)와 국가자료공동목록시스템(http://www.nl.go.kr/kolisnet)에서 이용하실 수 있습니다.

레벨업하는 몬스터

2

WISHBOOKS FUSION FANTASY STORY

지갑송 퓨전 판타지 장편소설

레벨업하는 몬스터

CONTENTS

8장
용병 라이칸

몬스터 필드의 동굴에서 임시 거주 중인 김세진은 정상적인 루트를 통해 시내로 마실을 가려 했다.

여기서 정상적인 루트란, 세진이 흑색 늑대폼일 때 그러했던 것처럼 철조망과 산을 넘는 것이 아닌, 원래 '인간' 김세진으로 몬스터 필드의 정식적인 출입구를 거치는 것을 의미한다.

그리고 그 정식 루트를 이용하려면, 필연적으로 '안식처'라는 거대한 휴게소를 지나쳐야 했다. 서울역 대합실만 한 크기의 이 휴게소에는 사냥꾼과 기사들이 곧 있을 사냥을 대비해 마지막 브리핑을 하고 있었다.

"어?"

그곳에서 김세진은 방금 전 TV에서 본 여성을 발견하게 되었다.

유세정. 그녀는 동료들과 함께 팀장으로 보이는 남자의 말을 열심히 경청하고 있었다.

중요한 사냥을 위해서 저렇게 열심히 고개를 끄덕이고 있나, 생각하는 찰나에 별안간 카메라와 스태프가 그들에게로 다가갔다.

"저희는 호위기사가 있으니 걱정하지 마시고 일단 편안히 평소처럼 사냥을 하시면 돼요. 그 자연스러운 그림을 원하는 거니까. 요즘 몬스터 강습 때문에 기사단 여론이 그다지 좋지는 않지 않습니까? 그 여론을 이 예능으로 단번에 역전하는 겁니다! 파일럿이긴 하지만, 그래도 다큐가 아니라 예능인 걸 꼭 명심해 주세요. 그리고…… 유세정 기사님?"

"예?"

"그…… 아무래도 세정 님이 얼굴마담이시다 보니까, 가장 많이 화면에 비춰지게 되실 거예요. 차가운 모습도 좋지만, 아주 좋지만, 그래도 아주 가끔씩은 미소를 지어주세요. 그게 좋거든요. 하루 종일 차가우면 미운털 박혀요. 근데 그렇게 있다가도 갑자기 한 번 화사하게 웃으면 완전 호감 되거든요. 겉은 차갑지만 사실은 따뜻하다…… 뭐 이런 느낌?"

"아……."

유세정은 약간 내키지 않는다는 표정이었지만, 그래도 고개는 까딱 끄덕였다.

'방송 촬영이었나 보네.'

아무래도 팀장이라 생각했던 남자가 사실은 PD인 듯했다. 김세진은 한 5분 동안 그들을 바라보다가 출구로 발걸음을 움직였다. 아니, 움직이려 했다.

"저, 저기요! 잠깐만요!"

유세정은 지금 이 상황이 불만족스러웠다. 그러나 어쩔 수 없었다. 매스컴에 모습을 드러내는 건 이미 결정한 일. 게다가 고위 기사가 되기 위해서는 대중들의 인지도 또한 중요한 법이다.

김유린. 어렸을 적 동경했었던 그녀처럼 되기 위해서는 모든 걸 감내해야만 한다.

"다큐가 아니라 예능인 걸 꼭! 명심해 주세요. 그리고…… 유세정 기사님?"

몬스터 사냥을 예능이라 포장하려는 이 PD가 싫었지만, 그래도 능력이 있다고 아버지가 추천한 PD다.

당장에라도 도망가고 싶은 심정을 속으로 꾸역꾸역 삼키며, 세정은 정말 마지못해 대답했다. 그러나 그 이후로도 이 PD는 참 말이 많았다. 그래서 그녀는 대강 대답하며 시선은 다른 곳으로 두었다. 그래야만 견딜 수 있을 것 같았다.

그렇게 정말 운명처럼 혹은 거짓말처럼, 그 남자를 발견하게 되었다.

"저, 저기요! 잠깐만요!"

"예? 으, 으억!"

갑작스런 외침에 PD가 어리둥절한 표정을 지었지만, 지금의 세정에게 PD 따위는 안중에도 없었다. 자신의 앞길을 가로막는 PD를 내팽개치고서 그녀는 그 남자에게로 달려가 그 앞을 막아섰다.

"……음?"

"……맞나?"

그러나 막상 그를 마주보고 선 순간, 유세정은 먼저 의문이 들었다. 분명 얼굴은 맞는데, 체격이 원래 이랬었나……?

"저기, 김세진 씨 맞으시죠? 그때 그……."

하지만 얼굴은 기억 속에 남겨진 그대로였기에, 그녀는 애써 자신감을 부렸다. 키가 좀 커진 듯한 느낌이 있지만, 분명히 이 남자가 맞다.

"……."

"맞으시잖아요. 왜 대답을 안 하시는 거예요?"

세진이 입을 다물고 있자, 세정이 미간을 좁히며 그의 두 눈을 올려다보았다.

그 높이의 차이에 다시금 의구심이 들었지만, 그래도 그녀는 확신했다. 이 남자의 얼굴은 뇌리에 각인되다시피 하여 도저히 잊을 수 없었으니까. 심지어 꿈에도 몇 번 나왔는걸.

"……반갑습니다."

그냥 모르는 척할까, 했지만 그래도 세진은 손을 건네며 미소를 지어주었다.

유세정. 새벽 기사단장의 장녀이자, 기업 '새벽' 회장의 손녀딸. 그저 흘려보내기에는 이 어마어마한 인맥이 너무 아까웠다.

"아, 역시……! 그때는 정말 고마웠어요."

그렇게 두 사람이 서로 고작 한마디를 나눈 순간에, 별안간 카메라가 우르르 들이닥쳤다.

"세정 님, 이분은 누구시죠?"

PD가 함박미소를 지으며 말했다. 새로운 캐릭터의 출현. 그것도 서릿발처럼 차가운 금수저 여기사가 대단히 반갑게 다가섰던, 무려 '남자'.

휴게소에서는 오프닝의 한 꼭지만 따려 했었는데, 이건 뜻밖의 대박이 아닌가.

"지금 뭐하시는, 카메라 당장 치워요!"

유세정은 혹시라도 이 카메라의 포화에 김세진이 도망갈까, 그의 소맷자락을 붙잡으며 소리쳤다. 그 과민한 반응에 PD가 살짝 당황했다. 그녀에게 찍히면 이 바닥, 아니, 이 세상에서 살아갈 수는 없다…….

그러나 그의 마음속의 욕망은 남자의 얼굴을 본 순간 급히 튀어나왔다. 이 남자는 카메라를 마뜩잖아 하지 않았다. 그저 호기심이 살짝 엿보이는 눈으로 바라보고 있을 뿐.

"저, 남성분? 혹시, 잠깐, 아주 잠깐만 촬영 안 되시나요? 이번에 TBK에서 기사님들이 출현하는 예능이……."

"저기요!"

유세정이 PD를 밀쳐내며 김세진의 눈치를 살폈다. 그러나 의외로 그는 갑작스레 다가온 카메라를 꺼리는 기색이 아니었다.

"……잠깐, 아주 잠깐이면 됩니다. 그냥 오프닝에 이런 인연을 우연히 만났다~ 이런 것도 사실 그림에 좋거든요. 아주 좋죠."

세진은 턱을 매만지며 잠시 고민에 빠졌다.

TV 출연. 그것은 어린 시절 그가 동경했던 꿈 중 하나였다. 멋진 연예인과 기사들이 나오는 프로그램을 바라보며 참 많이 부러워했었고, 그들처럼 되고 싶었다.

순간의 불행으로 고아가 되었던 아이는 TV를 바라보며, 그런 이뤄질 수 없는 꿈들을 꿨었다.

"어떤 식인데요?"

세진이 고개를 끄덕이자, PD의 입가에 진한 미소가 그려졌다. 그러나 세정은 표정을 찌푸리며 의문을 표했다.

"……예? 괜찮으신 거예요?"

"아니 뭐…… 그쪽이랑도 오랜만에 만났으니까."

"유세정이예요."

"하핫! 그럼 잠시만 찍겠습니다. 간단해요. 저희는 없는 것처럼 자연스럽게 대화를 나눠주시면 돼요. 그럼, 저희는 뒤에서 찍겠습니다~"

카메라가 슬금슬금 물러나 적당한 거리를 유지했다. 무지 신경 쓰였지만, 그래도 세진은 최대한 자연스럽게 말했다.

"어디 앉아서 얘기할까요?"

"예? 아…… 네, 좋아요."

두 사람은 휴게소 내부에 위치한 커피숍으로 향했다.

"야…… 대박인데? 저 까칠한 금수저 님이 말을 저렇게나 많이 한다고?"

PD와 스태프, 심지어 같은 기사들마저 커피숍 유리창 너머로 보이는 유세정의 모습에 감탄과 경악을 금치 못했다.

원래 그녀는 항상 차가운 무표정에, 말을 할 때면 맨날 툭-툭- 돌을 내던지듯이 딱딱하게 했었다.

그러나 저 커피숍에 한 남자의 앞에 앉아 있는 유세정은 다르다. 얼굴이 화색이라고 말하기는 무리일지라도 적어도 차갑지는 않다. 또한 이따금씩 작고 앙증맞은 입술을 오물오물 움직여 단문이 아닌 장문의 말을 이어간다.

여태 세정을 알아왔던 기사들은 저기 있는 유세정이 진짜 유세정인가, 하는 의구심마저 들 정도로 살가운 태도였다.

"어! 방금 웃었다. 찍었냐?"

"네. 클로즈업했어요."

"오우. 좋구만. 좋아. 오디오는 어때?"

PD가 오디오 감독에게 물었다. 그는 엄지를 척 들어 보이며, 만면에 미소를 띠었다.

"대화 내용도 좋아요. 보니까 남자가 사냥꾼인데, 유세정 양을 한번 구해줬나 봐요."

"오. 게다가 사냥꾼이야? 근데 사냥꾼이 기사를 구해줘? 어떻게?"

"그건 아직 언급 안 됐어요. 순식간에 지나가고, 지금은 그냥 일상적인 이야기뿐이에요. 어!"

그러다 문득 오디오감독이 눈을 부릅뜨고 탄성을 내질렀다.

"왜?"

"방금 스카우트 제의한 거 같은데요? 새벽 기사단으로 오라고."

"새벽 기사단으로 오실 생각은 없으세요? 세진 씨 같은 인

재는 언제나 환영이에요."

유세정의 진지한 제안에 세진이 엷은 미소를 지었다. 아직 성인도 되지 않은 학생이 하는 말 치고는 너무 어른스럽지 않은가.

"제안은 감사드립니다만…… 저는 단독 사냥꾼으로 활동하기로 마음먹었습니다."

그는 존댓말로 답했다. 나이차가 꽤 나기에 처음에는 반말을 써봤지만, 세정이 왠지 기분이 나쁘다는 기색을 보였기에 그 후로는 합쇼체로 일관했다.

"단독 사냥꾼이요?"

유세정이 눈을 동그랗게 뜬 채 고개를 갸우뚱했다.

단독 사냥꾼은 어느 단체나 기사단에도 소속되지 않는 사냥꾼을 의미한다. 이는 무적(無籍)기사보다 더욱 희귀한데, 대부분의 사냥꾼은 혼자서 몬스터를 사냥할 수 없기 때문이다.

"……확실히 세진 씨는 그럴 수 있겠네요. 그때 보여주셨던 강함은 '특성'이겠죠?"

순간 세진이 몸을 흠칫 떨었다. 그러나 세정은 태연히 커피를 홀짝일 뿐이었다.

"……예. 맞습니다."

"혹시 실례가 안 된다면…… 무슨 특성인지 여쭤보아도 될까요?"

그녀의 물음에 세진은 잠시 고민하다가, 최대한 뭉뚱그려 대답했다.

"신체와 관련된 특성입니다."

"아하."

그러나 유세정은 별다른 이견 없이 그것을 받아들였다.

특성이 있는 기사들도 대부분 자신의 특성에 대해 구체적이고 세세한 내용은 숨기는 실정이니, 어찌 보면 당연했다.

"그래서 그때보다 키가 커진 건가 봐요? 특성이 성장해 가지고."

"예? 아…… 예. 그렇죠, 뭐."

생각지도 못한, '포션' 따위보다는 아주 자연스러운 변명이었다. 세진은 퍼뜩 고개를 끄덕였다.

"특성이라……."

그리고 세정은 그의 두 눈을 뚫어져라 바라보며 생각에 잠겼다. 그녀의 습관이었다. 이렇듯 상대방이 부담스러워 할 정도로 눈을 바라보다 보면, 언제나 상대방이 먼저 그녀의 눈을 피하곤 했었다.

그러나 세진은 그녀의 두 눈을 피하지 않았다. 보석 같은 눈동자가 생각의 흐름에 따라 시시각각 꿈틀거리는 모습이 신기해서였다.

"근데…… 단독 사냥꾼이어도 언제 저희 기사단이랑 같이 사냥은 갈 수 있지 않을까요? 세진 씨의 능력은 확실하니까요."

짧은 고민 끝에 나온 말, 그에 세진이 옅게 웃으며 고개를 끄덕였다.

"네. 그렇죠."

"좋아요. 그럼 연락처 좀 주세요. 아무래도 이제는 가봐야 할 것 같아서…… 나중에 연락할게요."

"오전에 부탁드릴게요. 그 이외에는 시간이 없어서."

세정이 핸드폰을 건넸다. 그녀의 성격을 닮아 심플한 디자인의 검은 핸드폰, 메탈 프레임의 감촉이 서늘했다.

세진은 그 핸드폰에 제집전화를 눌러주고서 그녀와 헤어졌다.

김세진은 시내를 거닐 때면 언제나 '야수 김세진' 폼을 취했다.

그렇게 주변의 시선을 즐기며 길을 걷던 세진은 가로등에 붙여져 있는 전단지를 하나 발견했다.

아니, 전단지가 그를 발견했다.

'냄새'.

이 전단지에서 새어 나오는 진한 혈향이 그의 시선을 붙잡았다.

「용병 구함. 뱀파이어 소탕. 등급 상관 無 보수 多」

용병. 몬스터의 등장으로 말미암아 탄생한 수많은 직업 중 가장 대표적인 세 직업 중 하나. 그러나 용병은 몬스터를 사냥하는 사냥꾼, 기사와는 그 생리와 목적이 달랐다.

돈을 받고 고용되는 그들의 특성상, 사람을 죽여야 하는 임무도 심심찮게 있었다. 물론 그 대상은 '척살 대상'이라고 법으로 지정된 종족뿐이었다.

'뱀파이어', '나가', '마인' 등등…… 사회에 해악이 되는 종족들. 그러나 현대에 이르러서는 수많은 인권단체들의 반대와 법률 개정에 부닥쳐 그 '살해 임무'들은 점차 사라지게 되었고, 부지불식간에 자신들만의 정체성을 잃은 용병들은 사양길로 접어들었다.

그러나 용병은 절멸하지 않았다. 가장 중요한 등급제도도 법률로 정해지지 않고 제멋대로이지만, '용병의 선술집'은 전국 13개소 정도가 끈질기게 살아남았다.

끝까지 남은 용병들은 근성과 악바리, 신념으로 점철된 자들뿐이다.

'적대 종족'에게 소중한 사람을 잃어, 놈들의 사지를 씹어 먹기 전까지는 이 일을 그만두지 않을 존재들.

뜻을 잃기보다 차라리 죽음을 선택할 그들이 아직 살아 숨쉬는 한, 용병은 이 세상에서 절대로 사라지지 않는다.

뱀파이어에게 어머니를 잃은 인간 김세진은 그런 그들을 너무나도 잘 알고 있었다.

그리고 야수 김세진은 뱀파이어를 처단한다는 이 전단지를 그냥 두고 갈 수 없었다.

그는 전단지를 거칠게 뜯어내고서 주머니에 쑤셔 넣었다.

강원도의 변방에 위치한 '용병의 선술집'.

언젠가 이 선술집은 용병들이 농을 지껄이는 소리와 독주의 아릿한 향내와 진한 땀 냄새로 가득 차 있었다. 오고 가는 용병들로 가게는 하루 24시간으로 부족했으며, 임무가 없을 때면 주인장의 능력이 부족하다는 정겨운 욕을 들어먹기도 했었다.

그러나 지금, 그 모든 것들은 머나먼 과거가 되어버렸다.

혼자서만 시간이 멈춰 버린 이 '용병의 선술집'은 이제 아무도 찾지 않는다.

허름한 외관과 다 부서져가는 가구, 팔릴 일이 없어 강제로 숙성되어 가는 독주, 그리고 이제는 아무런 임무도 메워져 있지 않은 코르크판까지.

죽어버린 용병, 마찬가지로 잊혀 버린 선술집.

하지만 비록 기억 속에서는 잊혔을지언정, 이곳은 엄연히 살아 있는 사람이 관리를 하고 있었다.

김유손. 용병이었던 중년의 사내.

그는 오늘도 선술집의 식기를 닦고, 가구를 정돈하며, 언젠가는 임무가 메워질 거라 믿어 의심치 않는 코르크판을 매만졌다.

—끼익.

목문이 기이한 경첩소리를 내며 열렸다. 반쯤 열렸던 문은 곧 삐걱 소리를 내며 힘없이 부서져 버린다. 문을 열려던 남성은 부서진 목문을 조심스럽게 내려놓고서 선술집 안으로 들어왔다.

"……아버지."

"왔느냐? 앉거라."

가구를 정리하던 남자는 아들을 맞이하기 위해 카운터로 돌아갔다.

"네가 오는 건 정말 오래간만이구나."

"……."

아들은 아무 말도 하지 못했다. 준비해 두었던 말이 있었는데, 막상 아버지의 얼굴을 보니 차마 입 밖으로 나오질 않았다. 아버지에게 이 선술집이 어떤 의미인지, 누구보다 아들인 자신이 가장 잘 알고 있었기 때문에.

그래서 아들은 빙 둘러서, 먼저 자신의 이야기를 꺼냈다.

"제가 이번에 고려기사단의 중급 기사로 승급했습니다.

연봉도 두 배 가까이 오르더군요. 그래서 강원도에 따로 집을 구하기로 했습니다. 여유도 많이 생겼는데, 계속 서울에서 왔다 갔다 하는 건 좀 그래서요."

"그러냐? 잘됐구나. 저 세상에서 네 엄마가 아주 좋아하겠어."

아버지는 인자한 미소를 지으며 말했다. 그런 그를 슬픈 눈으로 바라보던 아들은 이내 고개를 푹 숙이고, 이를 꽉 깨물었다.

이제는 떠올릴 기억도 희미한, 오래된 과거의 일이다.

아들의 어머니, 아버지의 아내. 두 남자에게는 세상 어느 누구보다 아름다웠던 여인은 뱀파이어에 의해 생의 마지막까지 타락하고 더럽혀진 채로 죽었다. 아버지가 기사가 아닌 용병이 된 날은 바로 그때이며, 아들의 꿈이 바뀐 것도 그때였다.

아버지가 기사가 아닌 용병이 되었음에도 아들은 언제나 그의 뒷모습을 자랑스러워했었다. 어린 아이를 집에 혼자 남겨두고 늦게 들어오셔도, 혹은 아예 들어오지 않으셔도. 아들은 언제나 아버지를 자랑스러워했었다.

"……아버지. 이제 편안히, 저와 함께 삽시다. 용병은, 그들은 더 이상 선술집에 오지 않아요."

아들은 꼭 전하고 싶었던 말을, 떨리는 목소리로 가까스로 토해냈다.

아버지의 피나는 노력은 그 누구보다 아들인 자신이 알고 있다. 그래서 빌어먹을 매스컴들이 아버지의 모든 노력을 범죄로 둔갑시키려 할 때, 그 누구보다 분노하지 않았던가.

그러나 이제는 시대가 바뀌었다. 그들과의 전쟁은, 이제는 너무 먼 옛적의 이야기다.

"……아니다."

하지만 아버지는 고개를 저었다. 그 단호한 모습에 아들이 다급하게 말을 이었다.

"저도 뱀파이어에 관한 뉴스를 봤습니다. 하지만 이제……."

"아니다. 그게 아니다, 아들아."

아버지는 아주 오래전, 키 작은 아들을 대할 때처럼 그 머리를 부드럽게 쓰다듬어 주었다.

"꿈을 꾸었다. 나에게 꿈이 어떤 의미인지는, 네가 제일 잘 알고 있겠지?"

"……예?"

아들이 멍하니 고개를 끄덕였다. 아버지에게는 으레 뛰어났던 기사들이 그렇듯 '특성'이라는 특별한 힘이 있었다. 마나와도, 마법과도 구별되는 기이한 힘.

"흡혈귀를 보았다. 그들의 구체적인 목적은 모르겠지만, 어느새 과거보다 더욱 강성해져 날갯짓을 하더구나."

"……그렇다 하더라도 이제 그런 일은 기사단의 몫입니다. 용병은……."

"아니다. 기사단은 여론을 두려워해. 그리고 흡혈귀는 네가 생각하는 것보다 많고 다양한 곳에 있단다."

그 말에 아들이 무어라 반박을 하려 할 때, 별안간 아버지가 검지를 입에 가져다 대고는 쉿- 조용히 하라 하였다. 그리고 그와 동시에-

따르르르릉-

근 몇 년간 울릴 일이 없었던 선술집의 전화에서 낯선 벨소리가 흘러나왔다. 아버지는 조심스레 수화기를 들었다. 호기심을 참지 못한 아들도 카운터로 뛰어 들어가, 아버지의 옆에 딱 붙어 섰다.

"용병의 선술집입니다."

-……안녕하십니까.

낮게 가라앉은, 무거운 목소리였다.

-전단지를 보고 연락을 드렸습니다.

"예, 어려운 임무입니다. 그렇기에……."

-놈들의 위치만 알려주십시오. 그 이후는 제가 알아서 하겠습니다.

"하지만 그래서는 성공 여부를……."

-시체는 잘 보이는 곳에 버리겠습니다. 그러면 언론이 알아서 공개하겠죠.

김유손은 꿈과 똑같은 대화 내용에 진한 미소를 지었다. 이제 그는 자기가 용병이 아니라고 말하겠지.

"예."

–그러나 문제가 있습니다. 저는…….

"용병명으로 사용하실 이름과 본인 확인을 위한 암호만 저에게 말씀해 주시면 됩니다. 제가 알아서 용병으로 등록해 드리겠습니다."

–…….

수화기 너머의 남성이 살짝 당황한 듯 말이 잠시 끊겼다. 그러나 곧 묵직한 음성으로 그 '이름'과 '암호'가 흘러나왔다.

"네, 알겠습니다. 지금으로부터 딱 일주일 뒤에, 그때 그 전단지가 붙어 있던 위치로 가보십시오. 정보는 거기에 두겠습니다."

–……예? 음, 알겠습니다.

김유손의 말에 남성은 살짝 놀란 투였지만, 이내 별다른 질문 없이 전화를 끊었다.

"……누굽니까?"

아들이 의아해하며 물었다.

"나도 모른다."

간단히 대답한 아버지는 아주 오랜만에 서랍 속에 놓여 있던 '용병 등록서'를 꺼냈다.

아주 초창기에는, 한 사람을 용병으로 등록하려면 그 이름과 나이, 신체조건까지 모두 필요할 정도로 엄격한 신분 증명을 요했었다.

그러나 지금은 아니다. 다 망해가는 용병이기에, 등록에 관한 모든 건 선술집 주인장의 재량. 김백송은 입가에 미소를 머금은 채 일필휘지로 휘갈겼고, 그 어마어마한 내용에 아들이 입을 떡 벌렸다.

"자, 잠시만요. 아버지. A등급이라니요! 최고등급이잖습니까! 무슨 전화 한 통 받았다고……."

"어차피 나도 소싯적에 A등급이었지 않느냐. 그리고 요새는 아무도 용병의 등급에 신경 쓰지 않아. 그저 하등 쓸모없는 알파벳일 뿐이지."

"아, 아니, 백보 양보해서 등급은 그렇다 하더라도 이 이름은 대체 뭡니까? 이런 걸 용병명으로 쓰면 제발 나 좀 죽여주게, 이런 거 아닙니까?"

아들의 걱정에 아버지는 피식 웃었다. 그러나 오히려 아버지는 이 이름이 아주 마음에 들었다.

뱀파이어를 찢어 죽이는, 아니, 세상 모든 종족을 적대시하는 외롭고 광포한 신화 속의 야수.

"라이칸이 뭐가 어때서 말이냐? 멋지고 좋기만 하구만."

"아버지!"

김세진은 시내에서 태어나서 처음 '핸드폰'이라는 문명의

이기를 구매했다.

과연 또 하나의 신비한 세상이었다. 액정 화면을 터치하며 사용할 수도 있었고, 그 화면을 허공으로 투사하여 더욱 크게 볼 수도 있었다. 처음에는 갑자기 튀어나오는 화면에 놀라기도 했지만, 이제는 어느 정도 적응이 되었다.

"……와우."

그리고 지금, 세진은 강원도의 근처 카페에서 핸드폰으로 인터넷을 탐험하고 있는 중이다.

그는 그중에서도 특히 네이버(Neighbor) 뉴스의 연예TV란을 유심히 살펴봤는데, 유세정의 이야기가 거의 반절을 차지하고 있었다. 아무래도 얼마 전에 방영한 '대장장이 공모 대회 1차 심사'가 꽤 많은 화제를 일으킨 듯했다.

커피를 홀짝이며, 세진은 그녀와 관련된 기사의 내용과 댓글을 천천히 읽어봤다.

–처음에는 뭔가 비호감이었는데 마지막에 엄청 귀여웠음ㅋㅋㅋㅋ [추천 1093 반대 53]

ㄴ나는 처음에도 좋았는데. 솔직히 비위 맞춰준답시고 좋아요 좋아요 하면 오히려 더 꼴배기 싫음

ㄴ뭐래; 마지막에 유세정이 한 것도 대장장이 비위 맞춰준 건데. 눈깔 사시냐? OOO이네

ㄴ그 대장장이는 그럴 만했으니까 그렇지 빠대갈아. 딱 봐

도 다른 무기랑 격이 달랐구만. 클로즈업된 거 못 봤냐? 아무것도 모르면 좀 닥쳐 제발.

ㄴ지랄 마. 아무리 잘 쳐도 하품 중급이었구만. 딱 봐도 병신 최하급~하급 사냥꾼이 어그로 존나 끄네. 무기에 대해 뭐 알긴 하냐?

ㄴ응^^ 이 단검 오늘 하품 상급 판정받음^^ 내가 직접 가서 봄^^ 꼬우면 만나러 오든가 OOO련아. 쪽지 보낼 테니까 답장해라.

"……뭐야?"

이상한 욕설들의 향연에 김세진이 미간을 살짝 좁혔다. 굳이 이것들을 오래 보고 있기가 싫어 스크롤을 재빨리 내리다가, 그는 흥미로운 기사를 하나 발견했다.

이것도 대장장이 공모 대회와 관련된 기사였는데, 사람이 아니라 물건에 집중하고 있었다.

「전문가의 눈, 공모 대회 1차 심사 통과물품 평가」

36세의 젊은 나이로 '장인'의 등위에 등극한 화제의 대장장이, '소윤한' 장인께서 이번 공모 대회의 1차 예선을 통과한 40개의 물건 중 10개의 물건에 통찰력이 있는 평가를 내려주셨습니다.

1. 김태백 명인의 제자, 김수한이 출품한 '강철제 장검'.

—좋은 물건이었습니다. 무엇보다 금속의 제련과 제강이 더없이 완벽했고, 대장장이의 단조솜씨와 가장 중요한 '마나 담금질' 또한 1차 심사 기준으로는 상당히 훌륭했습니다.

그러나 하나 아쉬운 점이 있다면, 역시 김수한 도제가 '김태백 명인'의 제자라는 점이겠지요. 그 어마어마한 기대감을 100% 충족한 물건은 아닙니다. 물론 아직 2차와 최종 심사도 남아 있는 만큼, 여태 만들어 놓은 무기 중 가장 하품을 제출했을 수도 있으니 앞으로 더욱 기대가 되는 건 확실합니다.

장인의 평가: B (하품 중급)

……중략…….

9. 정체불명의 대장장이, ORK가 출품한 '철제 단검'.

—솔직히 말해서 깜짝 놀랐습니다. 너무 궁금해서 이 ORK라는 대장장이의 정보를 물어봤을 정도였으니까요. 일단 이 오크 대장장이는 풀 네임부터가 남다르더군요. 'Orc's forge K', 직역하자면 오크의 대장간 K입니다. 왜 이런 이름을 지었는지는 의문이지만, 그래도 이 대장장이가 만든 물건은 1차 심사에서 가장 큰 화제를 불러일으켰죠.

1차 심사를 기준으로 삼는다면, 한마디로 모든 면이 완벽했습니다.

다만 금속의 질이 조금 떨어지는 게 조금 아쉬웠지만, 그것을 간단히 만회할 정도로 '마나 담금질'이 아주 뛰어났습니다. 모든 기사들이 이 단검을 두고서, '마나가 아주 잘 스민다'고 극찬했을 정도이지요.

더 이상의 말은 필요가 없습니다. 저는 이 물건을 1차 심사의 1등으로 삼고 싶네요. 1차 심사에서부터 이런 좋은 물건이 나오다니. 대장장이의 미래도, 공모 대회의 미래도 참 밝은 것 같습니다.

장인의 평가: A (하품 상급 ~ 중품 하급)

"……큼."

세진은 괜히 낯부끄러워 헛기침을 했다.

띠링-그때 별안간 문자가 하나 날아왔다. 굉장히 사무적이고 딱딱한 문장이 담겨 있었다.

「유세정입니다. 언제 만날까요.」

이 핸드폰은 동굴에 있는 집전화와 연동해 두었기에, 유세정이 집전화로 보낸 문자를 받을 수 있었다. 그건 그렇고, 방금 헤어진 지 고작 2시간도 지나지 않았는데…….

세진은 일단 답장을 하지 않고 카페를 나섰다.

진한 어둠이 안개처럼 무겁게 가라앉은 밤.

남자, 김지한은 누군가와 통화를 하며 골목길을 거닐었다

"3일 전에 한 명 더 살해당했어요. 네, 총 두 명. 아니, 저도 모릅니다. 경찰도 모르는 걸 제가 어떻게 압니까. 네. 두 건 다 보복살인이에요. 죽이기만 하고, 아무것도 가져가지 않았으니 보복살인이죠. 네, 아니. 누군지는 모른다고 방금 말씀드렸잖습니까. 감도 안 잡혀요. 그래서 일단 용병 놈들 뒤져보고 있어요. 결과는 나중에……."

문득 김지한이 말을 멈췄다. 골목길의 끝에 서 있는 남자가 그 이유였다.

뒤를 돌아보고 있어 얼굴은 보이지 않지만 큰 키와 다부진 체격만으로도 그가 남자라는 사실은 어렵지 않게 파악해낼 수 있었다.

"……잠시만요. 끊지 마세요."

지한은 핸드폰을 한 손에 쥐고서 천천히 남자에게 다가갔다. 그러다 불현듯 묘한 불길함이 뇌리를 스쳤다. 더 이상 가까이 다가가면 안 될 것 같았다. 흡혈귀로서의 직감이 그렇게 말하고 있었다.

그는 슬금슬금 뒷걸음질을 쳤다.

"어. 이제 가야지."

그러나 그 걱정은 기우였는지, 남성은 핸드폰에 한마디를 툭 내뱉고는 골목길을 빠져 나갔다. 안도의 한숨을 내쉰 지한이 다시 핸드폰을 들었다.

"……아무것도 아닙니다."

그리고 그가 그렇게 말한 순간, 위에서 거대한 그림자가 덮치듯 내려앉았다. 단말마를 내지를 틈도 없었다.

흉악한 이빨이 목을 물어뜯고, 짐승의 우악스러운 손이 팔을 찢어냈다.

뱀파이어의 피는 차가웠다. 냉수로 샤워하는 듯한 차가운 청량감이 온몸을 감쌌다. 그와 동시에 많은 알림이 울렸다.

▶패시브 스킬 '야수의 육체'의 숙련 등급이 F에서 D등급으로 승급합니다.

▶패시브 스킬 '고강도 늑대의 손톱'의 숙련 등급이 F에서 D등급으로 승급합니다.

▶패시브 스킬 '포식자'의 숙련 등급이 F에서 D등급으로 승급합니다.

▶패시브 스킬 '늑대의 향기'의 숙련 등급이 D에서 -C등급으로 승급합니다.

—어이. 어이!

그 기분좋은 레벨 업에 만족감을 느끼고 있는 도중, 노면에 떨어진 핸드폰에서 음성이 흘러나왔다.

김세진은 그것을 사뿐히 지르밟았다.

바로 다음 날. 세진은 유세정과 만나기 위해 커피숍으로 향했다. 그날 이후 서로 일이 많아 미루고 미루다 꼬박 2주 만의 만남이었다.

강원도 시내에서도 가장 비싸고 고급스러운 커피숍에서 유세정이 그를 기다리고 있었다. 그녀는 한쪽 구석에 혼자서 핸드폰을 보며 앉아 있었다. 여고생 특유의 어린 티는 아직 여전했으나, 그녀에게서는 그것보다 더욱 고급스러운 아우라가 뿜어져 나왔다.

세진은 조심스레 세정에게 다가가, 그 앞에 앉았다. 순간 주변의 시선이 모두 집중되었다.

"……아, 오셨어요? 오랜만이에요."

유세정은 태연하게 말하며 보던 영상을 껐다.

"뭐 보고 있었어요?"

"뉴스요. 어제 또 뱀파이어 살해 사건이 발생했더라구요. 이게 벌써 3명째라던데요."

순간 세진의 심장이 살짝 내려앉았다. 그러나 그는 재빨리 마음을 가다듬고서, 태연히 고개를 끄덕였다.

"네, 저도 봤어요. 근데 그건…… 뭡니까?"

굳이 그 얘기를 이어나가면서 스스로 고통 받기는 싫었기에, 세진은 그녀의 옆자리에 놓인 직사각형의 박스를 가리키며 물었다.

"아, 이거요? 보시면 아시려나……?"

세정이 왠지 들뜬 목소리로 말하며 박스를 탁자 위로 올렸다. 그러곤 입가를 씰룩이며 짜자잔- 그 박스의 뚜껑을 열어젖혔다.

"……어?"

김세진은 깜짝 놀랐다. 그녀가 생각하는 의미와는 다른 의미로.

"반응을 보아하니, 저 나온 프로그램 보셨나 봐요? '마나가 잘 스며드는 철제 단검'. 그게 이거예요."

세정이 자부심에 가득 찬 미소를 지었다. 마치 나 이런 여자야-라고, 표정으로 자랑하고 있는 듯하다.

"……이거, 어떻게 얻으신 거예요?"

그가 심각한 표정으로 물었다.

진심으로 궁금했다. 분명히 이건 자신이 만든 물건. 하나 지금 자신의 허락도 없이 타인의 손에 들어가 있다. 분명 공모 대회의 물품 처분은 주최 측이 알아서 한다고는 했지만, 그래도 이렇게 의사도 물어보지 않고…….

"저희 기사단이 공모 대회 최대 후원사라서 각 심사마다 하나의 물품을 선점할 수 있거든요. 그래서 재빨리 업어왔죠."

"……그래요? 그럼 이거 만드신 분하고 연락도 하셨나요?"

세정이 아쉬운 표정으로 고개를 저었다.
"아뇨, 저도 꼭 그러고 싶었는데, 이분이 특이하게 우편으로만 연락을 받는다고 하시더라고요. 근데 그 주소도 집주소가 아니라 강원도에 위치한 우체국이라…… 일단 편지를 보내놓긴 했는데, 답장이 아직까지도 없는 걸 보면…… 못 받으셨겠죠."
"아하."
듣고 보니 모두 자신의 기억력 탓이었다. 그는 멋쩍은 미소를 지으며 뒷목을 긁적였다.
"근데 세정 씨한테도 그게 필요가 있나요? 더 좋은 무기가 있으신 걸로 아는데."
"네, 그렇긴 하죠. 근데 이건 조금 많이 특이해요. 보통 검신이 짧은 무기는 마나 담금질이 잘 안 돼서 마나가 잘 안 스미는데 이건 달라요."
세정은 그렇게 말하며 단검을 쥐고, 마나를 흘려보냈다.
스릉-
섬뜩한 소리와 함께 그 검신에서 마나의 날이 번뜩 솟아올랐다.
"어때요. 신기하죠? 이 정도면 충분히 보조무기로 활용할 수 있겠다 싶어서 제가 샀어요."
"아하……! 정말 잘 사셨네요. 이런 물건 흔치 않은데."
선물로 장난감을 받은 어린아이처럼 해맑게 만족스러워하

는 세정의 모습이 귀여워, 세진은 제 얼굴에 금칠 한번 해 봤다.

"네. 저도 그렇게 생각해요. 검신에 새겨진 문양도 아주 섬세해서…… 공예품이라고 봐도 될 지경이라니까요. 심지어 저희 아빠도 탐내더라고요."

세정은 마나를 갈무리하고서 단검을 고급스러운 상자에 집어넣었다. 그는 괜히 뿌듯하여 그 상자를 한동안 바라보았다. 고급 상자에 담겨져 있다는 건, 자신의 물건이 그만큼 고급이라는 의미가 되니까.

"……."

그러나 세정은 그 시선을 잘못 이해했는지, 후다닥 상자를 잽싸게 집어 제 가방 안으로 쑤셔 넣었다. 상당히 급한 손놀림이었다.

세진이 의아하다는 눈빛으로 바라보자, 그녀는 몸을 흠칫 떨며 그 시선을 피했다.

"……달라고 할까 봐 그래요?"

"……!"

정곡을 찔렀나 보다. 세정의 얼굴이 눈에 띄게 경직되고, 낭패로 물들었다. 마치 괜히 자랑했다 싶은 표정, 그녀는 아랫입술을 살짝 깨문 채 정말 마지못해 말을 이었다.

"……워, 원하신다면 못 드릴 것도 없죠. 제, 제 생명의 은인이시니까요. 당연히 드려야지…… 원하시면……."

그녀는 미세하게 떨리는 손으로 다시금 가방에 손을 집어 넣어 뒤적였다. 그러나 그녀의 손에 잡혀 나오는 건 단검이 든 상자가 아닌 화장품, 지갑, 책, 금괴…… 금괴? 중간에 뭔가 어마어마한 물건이 튀어나오긴 했지만, 모두 최대한 시간을 끌기 위한 수작이었다.

"……괜찮아요. 저는 그런 무기 못 써요. 마나를 못 다루니까."

"그래요? 그럼 어쩔 수 없네요."

세진의 말이 튀어나온 그 즉시 세정은 정말 다행이라는 듯 안도의 한숨까지 내쉬고서, 탁자 위에 올려진 물건들을 가방 안으로 쓰셔 넣었다.

"근데 저희 왜 만난 거죠?"

문득 그 원론적인 목적이 궁금해진 세진이 묻자, 세정도 까맣게 잊고 있었다는 듯 눈을 동그랗게 떴다.

"아. 사냥, 사냥 같이하자고 제가 제안했었죠. 죄송해요. 내일 모레에 제가 사냥 스케줄이 있거든요. 세진 씨가 저랑 같이 가줬으면 해요."

"음, 그게 시간에 따라 다른데…… 몇 시간 정도 걸릴까요?"

자신이 인간으로 있을 수 있는 시간은 한정되어 있기에 너무 오래면 곤란하다.

"한 2시간 정도. 저도 그다음 스케줄이 있어서, 오래는 같이 못 있어요."

"음…… 그럼 좋아요."

김세진이 미소를 지으며 그녀에게 손을 건넸다.

두 시간. 돈을 주고서라도 만나고 싶어 하는 사람이 넘쳐나는 유세정이다. 그런 그녀에게 두 시간쯤이야 가볍게 투자할 수 있다.

"그럼 그때 봬요."

세정이 그와 악수를 한 순간, 커피숍의 바로 앞에 검은 차가 한대 와서 섰다. 기가 막힌 타이밍이었다.

"저는 이만 가볼게요. 아, 데려다드릴까요?"

"아뇨, 괜찮아요. 저는 혼자 가면 돼요."

"네, 그러면 저 먼저 갈게요."

세정은 또각또각, 그러나 뒤뚱뒤뚱 걸어 커피숍 밖으로 나갔다. 아무래도 그녀는 하이힐에 익숙하지 않은 듯했다.

그 여고생다운 모습에 세진은 옅은 미소를 짓고는, 따로 커피숍을 나섰다.

세정과 헤어진 세진은 그때 그 가로등 앞에 멈췄다. 이번에도 한 장의 전단지가 놓여 있었다. 겉보기에는 평범한 주택분양 전단지. 하지만 풍겨져 나오는 진한 피비린내는 이것이 '정보'임을 알려주고 있었다.

'강원도 횡성 성광아파트 입주 임박! 전화번호 05-01-0239-4039.'

위치는 횡성의 성광아파트. 그리고 난이도는…… 05. 바로 어제 죽인 뱀파이어가 02였던 것과 비교하면 그보다 2.5배 정도 어려운 수준.

"……흠."

세진은 살짝 고민했다. 몬스터 사냥과 마나석 흡수를 통해 어느 정도 강해지고 있다 한들…….

그렇게 김세진이 고심하고 있을 때. 빌딩에 걸려 있던 옥외광고 OLED판에서 긴급속보가 흘러나왔다.

-어젯밤 발생한 3번째 뱀파이어 연쇄살해사건에 관한 특수경찰국의 공식 발표가 있겠습니다.

-안녕하십니까, 특수경찰국(特殊警察局)의 국장 유백송입니다.

경찰국의 국장은 김세진도 익히 알고 있는, 아마도 대한민국에서 가장 유명한 인물이었다.

흰색의 긴 머리, 날카롭고도 우아하게 찢어진 두 눈, 결연한 의지가 깊게 배어 있는 입술. 겉보기에는 그저 아름다울 뿐인 저 여인은, 대한민국 유일의 신수(神獸)과 수인. 백호 '유백송'이다.

개인의 무력이 웬만한 고위 기사보다도 강력하다는 자타공인 핏줄의 정점.

—척살의 시대는 이미 오래전에 오직 피와 증오만을 남긴 채 처절한 실패로 끝났습니다. 그리고 저희 특수경찰국에은 그런 과오를 다시 반복하지 않기 위해, 앞서 발생한 세 건의 뱀파이어 살해 사건을 동일 인물이 일으킨 증오 범죄로 규정하고, 적극적으로 수사에 임할 것을 천명하는 바입니다.

다른 누구도 아닌 유백송이 직접 TV에 나와 저런 말을 하니, 김세진도 순간 주눅이 들 수밖에 없었다.

—그리고 그 공개수사의 일환으로, 유력한 용의자의 신분을 공개하도록 하겠습니다.

'라이칸'이라는 예명을 사용한 것부터 뱀파이어에게 의심을 받을 각오를 한 것이나 다름없었지만, 그래도 순간 심장이 철렁했다.

그러나 그것은 아주 잠시였다.

—유력 용의자는 '라이칸'이라는 예명을 사용하고 있는 A

급의 최고 등급 용병으로, 종족은 인간입니다. 그는 약 20년 전부터 활동해 온 임무 성공률 100%의 베테랑 중에 베테랑인 것으로 확인되었습니다. 음지에서만 활동해 아는 사람이 극히 적은 이 용병은 '전설적인'이라는 칭호까지 부여받을 정도로…….

최고 등급, 성공률 100%, 베테랑, 전설적인 등등…… 말도 안 되는 단어가 섞인 발표를 들으며, 김세진은 왜 그때 선술집의 주인장이 신분 노출은 걱정하지 않아도 된다며 자신했는지 알 수 있었다.

용병의 체계는 벌써 오래전에 무너졌다. 그러니 주인장이 대충 쓱쓱 하면 그것이 진실이 될 수 있다.

게다가 그것이 거짓이라 증명할 용병도 없다. 아는 사람이 극히 적다고 주인장이 먼저 선수를 쳐놨기도 했지만, 그 단락이 없더라도 용병들은 철저한 개인주의여서 다른 용병에 대해 관심을 가지지 않았다.

–이 이외의 알려진 사항은 없습니다. 그래서 저희는 현재 과거 20년 전, 혹시라도 '라이칸'이라는 용병과 함께 일하셨던 분들의 제보를 받고 있습니다. 시민, 혹은 과거 용병…….

'그래도 잠시 동안은 숨죽이고 있어야지.'

거짓된 단서는 진실을 더욱 철저히 가리는 베일이 되지만, 그래도 유백송의 존재가 꽤나 압박이었다.

늑대와 호랑이는 전형적인 피식-포식 관계기에 더욱 그랬다. 물론 비정상적으로 성장한 늑대는 호랑이까지도 잡아먹을 수 있겠지만, 그마저도 유백송은 평범한 호랑이가 아니다. 신수, 그중에서도 백호다.

9장
일상의 변화

–현재 파악된 바로는, 총 2,000여 명의 뱀파이어가 축생의 피를 섭취하며 평화롭게 살아가고 있다고 합니다. 국가는 그들의 신분을 보호함으로써 원활한 사회생활을 돕고 있고요. 게다가 현재 국가에 보호를 요청한 뱀파이어의 숫자는 더더욱 늘어나는 추세입니다. 특별경찰국이 이 연쇄 살해 사건을 증오 범죄로 규정한 건, 아마 이런 낙관적인 배경이 뒤에 있지 않았나 싶습니다.

–하지만 이번에 살해당한 뱀파이어 3명은 모두 인간의 피를 섭취하고 있었지 않았습니까? 그들의 집 안에서 인간의 유해 또한 발견되었고요. 그리고 이번 구밀교회의 몬스터 강

습 사건 또한 그들의 소행이었잖습니까.

–물론 그 사건들 또한 따로 엄정한 수사 중이라고 수사국은 명백히 밝혔습니다. 그러나 그것과 이것은 별개의 사건입니다. 게다가 뱀파이어들이 그런 추악한 짓을 벌였다 하더라도 그 처벌이 무조건 죽음으로 귀결되어야 하는 것은 아닙니다. 뱀파이어를 위한 특별교화 시설까지 지어진 마당에…….

몬스터 휴게소의 대합실에 설치되어 있는 TV에서는 연신 김세진을 불편하게 하는 대화가 흘러나오고 있었다. 세진으로서는 도저히 이해가 되지 않았다.

축생의 피를 섭취하는 뱀파이어, 참 듣기는 좋은 말이다.

그러나 뱀파이어는 천성이 그르다. 정체성을 잃는 것을 각오하고, 인간과 교배까지 하면서 본성을 억눌러 이 사회에 녹아든 수인과는 그 근본부터가 다르다. 괜히 놈들이 '박쥐'겠는가. 놈들은 배신을 밥 먹듯이…….

"김세진 씨. 세진 씨!"

TV에 집중하던 세진은 어느새 다가온 유세정의 부름에 퍼뜩 몸을 일으켰다.

"뭐하시는 거예요? 불러도 말도 없으시고……."

"아. 죄송, 죄송합니다. 딴생각을 좀 하느라. 어서 갑시다.

어느 지대라고 그랬죠?"

"중하급 지대요."

세정이 즉각 대답했다. 세진은 살짝 고민에 잠겼다. 지금은 자신은 완전한 '인간 김세진', 모든 능력치가 하향 적용된 상태다. 대충 기사로 따져보자면…… 아무리 잘 쳐줘도 하급의 머리 정도.

"……네, 좋네요."

중하급 기사와 하급 기사의 조합은 중하급 지대를 사냥하기에 얼추 알맞다.

"아, 근데 세진 씨는 등급이 어떻게 되시죠? 그때는 하급이셨던 것 같은데."

"두 단계 상승해서 중급입니다."

그의 말에 세정이 오- 입을 벌리며 나지막이 감탄했다. 고작 4개월. 4개월 만에 두 단계나 승급하기는 기사든 사냥꾼이든 여간 어려운 일이 아니다.

"역시 성장세가 아주 빠르시네요. 근데 허리춤에 그건 무기예요?"

"예? 아, 네. 저도 근접무기를 씁니다. 아시다시피 특성이 있어서. 근데 뭐…… 기사님에 비할 바는 아니니까 그냥 보조라고 만 생각하시는 게 좋을 거예요. 그때는 그냥 요행이었어요. 전에도 말했다시피, 저는 마나를 못 다루거든요. 무식하게 힘만 셉니다."

세진이 짐짓 너스레를 떨자, 세정은 가벼운 미소를 지으며 걱정하지 말라는 듯 고개를 끄덕였다.

몬스터 필드에는 언제나 많은 위험이 도사리고 있다.

돌발 상황도 꽤 많이 일어나는 편이어서, 아무리 기사라 하더라도 동급 지대에서의 솔로 플레이는 꺼리게 마련이다.

여기서 솔로 플레이라 함은, '기사 혼자'는 물론 '한 명의 기사와 한 명의 사냥꾼'으로 이루어진 페어도 포함된다.

"오늘 실적 많이 쌓아 드릴게요. 두 시간 동안, 넉넉히 다섯 마리만 잡고 가죠."

그러나 유세정의 면면에는 자신감이 가득했다. 아마 그때의 패퇴를 만회하기 위해, 혹은 그때와는 달라진 자신의 모습을 보여주기 위해 더욱 열성이 넘치는 것 같았다.

"그럼 잘 부탁드리겠습니다."

세진은 웃으며 대답했다.

그 대화를 끝으로, 본격적인 사냥이 시작되었다.

몬스터를 찾아 중하급 지대를 탐색하길 20분, 마침내 세진의 코에 흐릿한 냄새가 흘러왔다.

[북쪽 방면 300m, 스키머]

로브를 뒤집어 쓴 해골, 스키머. 그 로브가 절묘한 보호색을 띄어 모습을 숨기는데 능해, 만만찮은 기습을 행하는 간교한 몬스터다.

놈이 들고 있는 '염의 낫'이라는 마나로 이루어진 낫을 보고서, 스키머를 처음 목격하는 사람은 종종 '사신'을 떠올려 굉장히 강력한 몬스터인 줄 착각하지만, 실상은 처음의 기습만 조심하면 별거 아닌 몬스터다.

하나 그 처음을 눈치 채기가 대단히 힘들어 중하급에서는 그래도 까다로운 몬스터 축에 속한다. 특히 유세정 같이 솔로 플레이를 즐겨 하는 기사들에게는.

실제로 그녀는 지금도 앞에 스키머가 있다는 사실은 꿈에도 모른 채, 터벅터벅 놈의 사정거리로 향하고 있지 않은가.

"잠시 멈춰 봐요."

세진이 그녀의 어깨를 붙잡았다.

"……?"

세정이 어리둥절한 표정으로 그를 바라보았다. 그러나 세진은 아무것도 없는 북쪽 방면을 가리킬 뿐이었다.

"……뭐예요?"

"스키머예요."

"……예?"

그녀가 미간을 좁혔다. 스키머는 인간이 감지하기 무척 힘든 몬스터다. 인간이라면 적어도 중상급 기사는 되어야 그 위화감을 가까스로 눈치챌 수 있을 정도인데…….

"제가 감이 좀 유별나게 좋거든요. 근처에 있는 몬스터는 귀신같이 탐지해 냅니다."

세정이 뭐라 말하기도 전에, 세진은 먼저 돌멩이를 하나 들어 스키머가 숨어 있는 쪽으로 냅다 내던졌다.

말보다 행동, 느낌보다는 현상.

퍽-

포물선을 그리며 날아가던 돌멩이는 땅바닥이 아닌 허공에 부닥쳤다. 별안간 돌멩이에 뒤통수를 가격당한 스키머가 서서히 그 모습을 드러냈다.

"맞죠? 가세요, 이제. 돌격."

김세진이 방긋 웃었다.

세정은 스키머를 탐지해 낸 그의 능력에 잠시 당황했으나, 이내 재빨리 검을 뽑아 들고서 놈에게 쇄도했다. 어느새 그 검에는 마나의 푸른 검광이 번뜩이고 있었다.

갑작스러운 적의 출몰에 스키머는 낫을 들어 올려 대항하려 했지만, 사선으로 그어지는 검격은 여지 따윈 없이 낫과 스키머의 몸통을 이등분으로 절삭해냈다. 그녀의 성격을 닮아, 군더더기 없는 아주 깔끔한 검법이었다.

치명상을 입은 스키머는 이내 재가 되어 스러졌고, 그 잿

더미 위에는 밝게 빛나는 마나석이 하나 덩그러니 놓이게 되었다.

"……."

그렇게 세정은 어렵지 않게 스키머를 처치했음에도, 뭔가 이해하기 어렵다는 얼굴로 그를 바라보았다.

"제가 감도 좋고 시력도 좋습니다."

세정의 시선을 받은 세진이 변명했으나, 그 궁금증을 완전히 해소하기에는 무리가 있었다. 스키머는 감과 시력만으로는 분별이 가능한 몬스터가 아닐 터인데…… 그래도 별 수 있나. 당사자가 그렇게 말하는데 믿을 수밖에.

"어서 다음으로 가시죠."

세진은 여전히 의아해하고 있는 그녀의 등을 떠밀며 다음 사냥을 종용했다.

사냥은 막힘없이 진행되었다. 그 흔한 돌발 상황은 하나도 없었다. 세진이 몬스터를 감지해내면, 세정이 달려가서 베어낸다.

만약 무리를 이루고 있는 몬스터라면 세정이 앞을 담당하고 세진은 그녀의 뒤를 엄호한다. 인간 김세진의 무력은 중하급 몬스터를 이길 순 없어도 시간을 끌 수 있을 정도는 되었기에, 세정에게는 큰 도움이었다.

그렇게 해서 잡은 몬스터는 고작 두 시간 만에 15개체. 세진이 몬스터가 있는 곳을 귀신같이 찾아냈기에 가능한, 세정의 '커리어 하이'였다.

"고작 두 시간 만에 주머니가 꽉 찼어요. 이럴 줄은 몰랐는데…… 저희 꽤 좋은 페어가 될 것 같은데, 어떻게 생각하세요?"

세정이 몬스터의 사체로 꽉 찬 확장 주머니를 무겁게 들어 보이며 말했다.

"그러게요. 우리 둘, 생각보다 잘 어울리네."

세진이 가볍게 웃으며 대답했다. 그 농이 섞인 말에, 세정은 미간을 살짝 좁힌 진지한 눈으로 그를 바라보았다.

"진심이에요 저는. 보통 기사는 한 명 이상의 사냥꾼이나 동급의 기사랑 페어를 이루거든요? 근데 기사랑 페어를 이루면 실적이 분산돼서 싫어요. 그래서 제가 그때도 현오 오빠랑 같이 페어를 이뤘던 거고요."

"현오…… 아, 그때 그 총알 탄 사나이?"

"네, 별명을 알고 계시네요? 저희 집 집사신데. 아니, 말 돌리지 마시고. 저 어때요?"

누군가 이 부분만 잘라 들으면 오해하기 딱 좋을 정도로, 유세정은 세진에게 명백한 구애를 보냈다.

대부분의 남자들이라면 얼쑤 좋다며 받아들였을 제안일

터. 그럼에도 세진이 뜸을 들이며 고민하자, 그녀는 답답하다는 듯 한숨을 내쉬고서 다시금 말을 이었다.

"저랑 같이 해요. 같은 기사단 소속 아니더라도 페어는 가능하니까. 수익 분배는 9 : 1, 아니, 10 : 0까지 해줄 수 있어요. 물론 세진 씨가 10이구요."

이것은 과연, 금수저의 위엄이었다. 50억이라는 빚이 있어서 그런가, 아니면 요즈음 돈에 욕심이 많아져서 그런가, 돈 얘기에는 자꾸 관심이 동했다.

"우리 높은 곳까지 함께 성장해 봐요."

유세정이 진중한 표정으로 그에게 손을 내밀었다.

그녀는 그를 놓치기 싫었다.

처음에는 단지 자신을 구해준 것에 대한 보답의 의미로만 만나려 하였으나, 잠시 동안의 사냥을 통해 그의 값비싼 진가를 알게 되었다.

보통 유능한 사냥꾼은 드물지만 그처럼 '탐지' 기능이 있는 사냥꾼은 더욱 드물다. 아니, 스키머의 기척까지 뚜렷하게 감지해 낼 정도라면 희귀하다고 말해도 될 지경이다.

현 수인의 대부분을 차지하는 2세대 수인들도 스키머를 탐지하는 것은 힘들어한다. 짐승으로서의 감각이 순수 수인인 1세대에 비해 현저히 감소되었기에.

거기에 더해 개인적 무력도 결코 약하지 않다. 사냥꾼으로 따지자면 중상급이라 말할 수 있을 터. 아마 그가 고작 중급에 머물러 있는 이유는 '필요 경험 일수' 때문이겠지.

"잘 아시겠지만, 저는 아~~주 튼튼하고 단단하고 질긴 황금 동아줄이에요."

세정은 어려서부터 원하는 것 보다 '필요한 것'을 우선하는 교육을 받아왔었다. 그리고 지금, 그녀에게 필요한 것이 바로 눈앞에 있었다.

"뭐해요? 내 손, 잡아줘요."

세정이 그에게 내민 손을 파닥이며 악수를 재촉했다. 세진은 살짝 고민하다가, 한 가지 조건을 내걸었다.

"일주일에 두 번, 하루 두 시간 이상은 안 돼요. 그리고 마나석은 팔지 말고 모두 저한테 주세요."

그는 그렇게 말하며 그녀의 대답을 기다렸다.

"네, 쉽네요."

가벼운 말과 함께, 진심이 담긴 환한 미소가 세진을 반겼다. 그는 마찬가지로 미소를 지으며 그녀의 손을 부드럽게 쥐었다.

"약속해요. 도장도 찍고……."

그녀는 엄지와 소지로 도장까지 찍으려 들었다.

그리고 바로 그때, 또다시 알림창이 뾰로롱 떠올랐다.

[조건 완료: 페어를 이루다]

▶패시브 스킬 '들을 만한 목소리'를 습득하셨습니다. [숙련 등급 F]

-화자의 목소리가 흥정, 설득, 감정을 비롯한 대인관계에 좋은 영향을 끼칩니다.

-이 스킬은 인간형일 때에만 적용됩니다.

"아……."

세진은 멍하니 그 알림창을 바라보았다. 스킬은 오직 몬스터폼으로만 얻을 수 있다는 생각은 아무래도 큰 착각인 듯했다.

"하아……."

김세진은 안식처였던 동굴로 돌아왔다. 가장 먼저 한숨부터 나왔다. 음습하고 어둡고 딱딱하고…… 당장에라도 나가고 싶어 몸이 근질근질했다.

'……포션 대금, 절반은 나중에 갚을 테니 돌려달라고 말할까.'

문득 포션 대금에 관한 생각이 들었다. 일단 집이 있어야 뭘 하든 말든…… 이딴 동굴은 이제 당장에라도 뛰쳐나가고 싶을 지경이다.

그러나 일단 지금은 밤이 늦었으니 나중에 묻도록 하자.

그는 핸드폰으로 인터넷을 키고 동굴 벽면에 투사했다.

"……또 왜 유세정이야?"

이제는 거의 필수 일과가 된 인터넷을 서핑을 하고 있는데, 실시간 검색어 1위가 유세정이었다. 그는 별생각 없이 그녀의 이름을 클릭했다.

가장 먼저 뜨는 건, '기사의 조건'이라는 TV프로에 관련된 기사였다.

"아하……."

그때 찍었던 게 또 화제가 됐구나, 김세진은 납득하며 고개를 끄덕였다.

기사가 사냥하는 모습을 다룬 예능은 아마 그때 그것이 최초였을 테고, 유세정은 꽤 잘 먹힐 캐릭터다. 최소 중박은 자명했을 아이디어였으니, PD의 역량만 제대로라면 대박까지 터뜨릴 수 있었겠지.

사이트의 상위랭크를 장식한 관련 기사들은 모두 간단했다. 사냥이 어떻게 진행되는지 그 도중에 얼마나 많은 고생을 하는지, 그리고 유세정은 어떠한지. 마지막은 조금 핀트가 엇나가 있었지만, 그래도 거의 절반 이상의 지분을 차지하고 있었으며 인기도 가장 많았다.

거기까지는 흥미진진하고 좋았다.

그가 눈동자를 데굴데굴 굴려서 실시간 검색어 7위를 보기 전 까지는.

"……뭔데 이거."

7위에는 '김세진'이라는 세 글자가 떡 하니 적혀 있었다.

동명이인이겠지, 생각하는 와중에 검색어 순위가 스르륵 바뀌기 시작했다. 그렇게 검색어 10위에 새로운 단어가 생겨났다.

사냥꾼 김세진.

"……?"

당황스러웠다. 물론 이렇듯 쉽게 파헤쳐진 것만 보아도 알 수 있듯, 김세진의 신상은 그렇게 값비싸지 않다.

그러나 하젤린이 조금 마음에 걸렸다. 친목을 도모한다는 이유로 세진은 그녀에게 자신의 맨얼굴을 보여주었으니.

물론 애초에 다크엘프는 사람을 만나는 것 자체를 극히 싫어하고 신뢰를 중요시해 비밀을 떠벌리거나 하진 않을 테지만, 그래도 연금술사가 사냥꾼 일을 부업으로 한다는 얘기는 들어본 적이 없어 조금 찜찜했다.

"……신기하긴 하네."

그러나 여하간 나머지가 어찌되었든, 대한민국 최고의 포털사이트인 네이버(Neighbor)에 자신의 사진과 이름, 직업까지 적힌 것은 꽤 신기했다. 이거 옆모습의 턱선이 조금 치명적이게 나온 것 같기도 하고…….

-고작 스물두 살의 나이로 중급 사냥꾼으로 승급한 김세

진은 '천부적인'이라는 칭호를 부여 받은 사냥꾼들도 인정한 최고의 유망주 중 한 명이다.

기자들은 참으로 이야기를 만드는 걸 좋아했다. 도대체 누가 최고의 유망주라고 인정했는지는 도통 모르겠으나, 그래도 이런 루머들은 보는 것만으로도 재미있었다. 그 기사에 적힌 댓글, 대중들의 반응 또한 마찬가지로 흥미로웠다.

–얼굴도 깔끔하고, 몸도 좋고. 키도 적당하니 유세정이랑 둘이 잘 어울리던데. [추천 983][반대 482]

ㄴ어울리긴 개뿔이. 평범한 사냥꾼이랑 반물질 수저랑 연애가 가능하긴 하겠냐?

ㄴ나도 동감. 새벽이 뉘집 개 이름도 아니고. 우리나라 수위를 다투는 기업인데. 그리고 유세정 고등학교 2학년임;

ㄴ근데 유세정 키 몇임?

ㄴ직접 봤는데 159~160 사이. 근데 164라고 악쓰는 거 보면 키가 콤플렉스인 듯.

ㄴㅋㅋ 그거 귀여웠지. 164라구욧! 159 아니라고요!

물론 모두 좋은 감정만 담긴 것은 아니었지만, 이 댓글들은 그저 읽는 것만으로도 재미있었다.

그날 밤. 김세진은 자신과 관련된 기사와, 그 아래에 적힌 댓글을 보느라 거의 하루를 꼬박 지새웠다.

다음 날 오후. 세진은 하젤린을 만나기 위해 '요선 알케미 하우스'로 찾아갔다. 이번에는 무리한 부탁도 있으니, 여태 만든 포션 9개를 싸들고서.

하젤린과 만난 세진은 일단 포션을 모두 넘겨주고서, 그녀의 얼굴이 황홀함과 행복함으로 물들어 갈 때 본론을 꺼냈다.

"절반은…… 천천히 갚으면 안 될까요. 제가 수중에 돈이 없어서……."

하젤린은 살짝 당황한 기색을 내비쳤지만, 이내 통 큰 미소를 지으며 고개를 끄덕여주었다. 자신과 함께 일을 오래오래 할 연금술사가 곤궁하면 안 된다는 이유였다.

그녀는 그 즉시 여태 쌓인 포션 대금 48억의 절반 가까이인 20억을 이체해 주었다. 천천히 갚아도 된다는 말까지 덧붙이며.

정말 멋진 여자라고, 세진은 생각했다.

[설득에 성공하셨습니다. 듣기 좋은 목소리의 숙련도가 상승합니다.]

게다가 예상치 못하게 얻은 보너스도 있다. 그에 세진이 만족하고 있을 때, 하젤린이 불현듯 생각났다는 듯이 물었다.

"근데, 그 예능프로그램은 어떻게 된 거예요? 깜짝 놀랐어요, 저. 세진 씨가 사냥꾼이라니. 새벽의 손녀딸과도 친하시던데."

"아…… 그거요? 부업이에요. 골방에 틀어박혀서 포션만 만들기에는 좀이 쑤시고 해서, 스트레스도 풀 겸 하다가 어쩌다보니 세정 씨도 만나고…… 그렇게 됐네요."

"정말요? 되게 신기하네요. 근데 뭐, 부업은 뭘 하시든 상관없으니까. 그리고 유세정은…… 크음."

다행히 하젤린은 그리 깊은 의문을 표하진 않았다.

김세진을 알고 있는 그녀로서는 사실 어느 정도는 이해가 되는 일이었다. 반신불수가 된 유세정은 포션의 도움을 얻어 빠르게 회복할 수 있었고, 그 포션을 만든 연금술사가 바로 김세진이니까.

'새벽이 벌써 연금술사님이랑 접촉을 했나?'

그래서 그녀는 이런 추측을 하며, 세정과 세진이 친해진 이유 또한 저가 알아서 납득했다. 충분히 가능한 이야기다. 누가 뭐래도 새벽은 대한민국 최고의 기업이니, 마음만 먹으면 찾아내지 못할 사람은 없다.

"아! 맞다. 연금술사님. 저희 법률상 개인 대 개인 거래는 안 되고, 무조건 알케미하우스를 거쳐야 하는 거 아시죠? 거래 요청 들어오시면 꼭 저한테 먼저 알려주셔야 해요."

하젤린은 세진의 입장에선 뚱딴지같은 신신당부를 했다.

"예? 아, 그럼요. 당연히 그래야죠."

김세진은 하젤린에게서 받은 돈으로 강원도 몬스터 필드 근처의 단독주택을 구매했다. 집값은 총 19억, 통장 잔고가 한 번에 훅 빠지는 걸 보니 마음이 쓰렸다.

주택은 지상 2층, 지하 1층으로 이루어져 있었다. 일단 지상은 거주공간으로 사용하기로 했고, 지하는 연금술과 대장장이 일을 위한 공방으로 만들기로 했다.

남은 1억으로는 가구를 여러 개 샀다. 침대나 소파 같은 일반적인 가구는 물론, 약재를 보관하고 포션을 만들 제조대와 여러 금속 주괴를 수납할 만한 수납장까지.

그렇게 기대에 부풀어 물건을 잔뜩 샀는데, 입주까지는 여전히 일주일이나 남아 있었다. 집을 구매하는 것과 입주를 하는 날짜가 완전히 어긋날 수도 있다는 걸 세진은 뼈저리게 알았다.

그렇게 해서 남은 돈은 3백만 원.

지금, 김세진은 여전히 동굴에 있다.

그는 어둡고 음습한 동굴에서 1주 뒤가 마감인 '대장장이 공모 대회' 2차 심사를 위한 물건을 만드는 데 집중했다. 여유가 생기면 하고 싶지 않을 줄 알았는데, 오히려 열정이 더욱 솟았다. 매스컴과 대중의 반응은 마약과도 같았다. 더 큰 찬사를 듣고 싶었다.

내 물건을 보고, 사람들이 더욱 열광해 주기를 바랐다.

그리고 그런 열정은 단조 기술의 진가를 찾아낼 수 있게 도와주었다. 오크의 단조 기술이 지닌 진정한 값어치, 최고의 가능성.

그것은 바로 '성질 부여'였다.

말 그대로 특정한 성질을 부여하는 것.

처음에는 그저 무식한 오크처럼 일차원적으로 '날카로움', '단단함' 이딴 성질만 생각했었으나 지금은 다르다.

휜다, 흐른다, 타오른다, 밀도, 녹는점, 끓는점, 전도율, 열전도율, 점성도, 쪼개짐면, 물질의 색과 빛의 흡수 스펙트럼, 자기적 성질 등의 수많은 물리적 성질들.

오크의 단조 기술은 숙련 등급에 따라 이 수많은 성질을 적절히 취합하여 부여할 수 있었다.

검신이 사용자의 의지에 따라 뱀처럼 휘어져서 적을 공격하는 기이한 무기 '사복검(蛇腹劍)', 빛의 굴절을 조절하여 사람의 눈에 그 형체가 보이지 않게 되는 '투명망토' 등등…… 이 단조 기술로 만들 수 있는 장비는 무궁무진했다.

물론 인간이 만든 무기 중에서도 이런 성질이 조정된 무기는 심심치 않게 있으나, 그것들은 모두 '우연'에 의해 만들어진 것. 그러나 오크는, 김세진은 그 모든 성질을 임의적으로 취합할 수 있다.

그러나 아직은 '숙련 등급'이라는 제약이 너무 커 갈 길이 멀다.

오크 전사는 진화할 생각을 하지 않고, 마나석을 아무리 많이 섭취해도 마나량은 계속 제자리걸음을 하고 있으니.

[단조가 완료되었습니다.]

[강도 단계: D]

[성질이 부여되었습니다: 'D등급 발화']

[완성도는 탁월하나, 오크 전사의 숙련 등급은 D단계가 한계이기에 성장하지 않습니다.]

'……이게 최선이네.'

그가 지금 단조해 낸 무기는 '사브르'. 늘씬하게 쭉 뻗은 잿빛 검신과, 검면에 새겨진 아름다운 문양이 귀족의 우아한 자태를 연상시킨다.

이 무기에 부여된 D등급 성질의 효과는 이름상 '발화'라고 되어 있지만, 실제로 검에 불이 붙거나 하지는 않는다. 기사가 이 무기에 마나를 불어넣었을 때, 그때야 비로소 이 검은 '초고열'의 성질을 띠게 된다. 즉, 본래 마나의 절삭력에 용광로의 '용융력'이 더해지는 것이다.

"히야."

매일 오전, 거의 수십 번의 시도 끝에 만들어낸, 드디어 마음에 드는 완성품.

머리가 어질했다. 그는 그 즉시 차가운 땅바닥에 누워 잠을 청했다.

그날 밤, 김세진은 매스컴에게 찬사를 받는 꿈을 꿨다.

맑은 오후. 꿈에도 그리던 집에 드디어 입주하게 되는 날. 세진은 이삿짐 직원들과 함께 한창 가구를 들여놓는 중이었다.

우웅-

그러던 중 뒷주머니의 핸드폰에서 진동이 부르르 울렸다.

「오늘 오후 두 시에 사냥 가요」

유세정한테 온 문자였다.

그녀와는 TV프로그램이 방영된 이후로도 3주 동안 총 다섯 번 정도 같이 페어를 이뤄서 사냥을 했는데, 그때마다 온 사방의 관심이 집중되었다. 심지어 도촬을 해서 자신의 SNS

에 올린 사냥꾼도 있었을 정도로.

그러나 세정은 아무런 신경도 쓰지 않았다. 찍든 보든 그녀는 사냥에 열중했고 스스럼없이 세진을 대했다.

「오늘은 안 돼. 이사 중.」

그리고 세진은 어떻게든 반말을 쓸 수 있게 되었다.

두 번째 사냥하는 날부터 좀 더 친해지고 싶어 반말을 슬금슬금 쓰기 시작했는데, 그 당시의 유세정은 기분 나쁘다는 티를 무안할 정도로 팍팍 냈다.

일부러 퉁명스레 틱틱 대기를 반복. 처음에 적당히 간만 보려했던 세진은 그것에 오기가 생겨 끝까지 반말을 썼다. 사실 당연하다고 생각했다. 나이가 4살이나 많은데.

결국 그날 사냥은 두 시간이 아닌 한 시간 만에 끝났지만 아니, 유세정이 잔뜩 삐쳐서 아무 말도 없이 먼저 집으로 돌아가 버렸지만, 그래도 정확히 일주일 후에 다시 연락이 왔다.

인간관계는 으레 그렇듯, 아쉬운 놈이 먼저 다가오는 법이다.

다시 만난 이후로, 유세정은 세진이 반말을 써도 꾹 참고 참았다. 그러다 요즈음은 어느 정도는 익숙해진 듯 반말을 써도 얼굴색 하나 변하지 않았다.

나중에 물어보니 처음에는 영영 안 볼 생각이었는데, 다른 사냥꾼이랑 같이 사냥을 하는 게 너무 답답해져서 어쩔 수 없이 다시 연락했다고 한다. 그리고 그녀의 그런 말에, 세진은 자신의 능력에 괜한 자부심을 느꼈었다.

「왜죠.」

「좀 오래 걸려.」

「그럼 안 되는데. 나 이번 주는 오늘밖에 시간 없는데.」

「다음 주에 하면 되지. 일단 오늘은 안 돼.」

이 문자 대화에서 갑을관계는 명확했고, 세정은 삐쳤는지 이 이후로 메시지를 보내지 않았다. 그러나 세진은 별 관심도 없이 핸드폰을 주머니에 집어넣고 일을 계속했다.

어차피 때가 되면 알아서 먼저 연락해 올 터. 이것은 비정상적으로 유능한 사냥꾼에게 길들여진 기사의 어쩔 수 없는 말로다.

"수고하셨습니다~!"

그리고 마침내, 오후 4시. 인간으로 있을 수 있는 시간이 고작 한 시간 남짓 남았을 때, 가구를 들여놓는 일이 모두 끝나게 되었다.

안락한 마이홈. 비록 빚내서 구한 집이지만, 김세진은 감격에 차서 이 넓은 집을 둘러보았다.

방 하나하나가 예전에 살았던 원룸과 비슷한 크기다. 보다 보니 왠지 모르게 눈물이 날 것 같았다.

"아…… 결국 그 포션도 새벽이 가져간 거야? 요즘 새벽 장난 아니네."

칠흑 기사단의 본관, 기사들을 위한 휴게실 내부. 한 기사의 실망어린 말이 한숨처럼 퍼졌다. 본의 아니게 그 말을 엿듣게 된 김유린이 괜히 몸을 흠칫 떨었다.

"어. 요즘 존나 공격적이지. 게다가 이번 대장장이 공모 대회도 잭팟이잖아. 운 좋은 놈은 자빠져도 처녀 치마폭이라더니. 아무도 기대 않던 공모전에 거물이 둘이나 등장하고, 거기다 재야의 은둔 고수까지. 송사리만 모였던 우물이 갑자기 무림맹이 됐어."

"아 맞다. 공모 대회도 있었지. 그 뭐, '오크의 대장간'이랬나? 이번 2차 심사는 어떤데? 물건 봤냐?"

"나는 못 봤지. 선배들이 봤다는데, 대박이래. 고작 2차 심사용 물건이 작년 우승자랑 맞먹는 중품-중급이란다. 근데 우리는 손가락이나 빨면서 구경해야지 어쩔 수 있나, 새벽이 선점권을 가지고 있는데."

남자 기사는 생각만 해도 짜증 난다는 듯 관자놀이를 문질렀다.

"하…… 그것 때문에 요즘 새벽 애들 기세등등해서 설치고

다니는데…… 진짜 꼴 보기 싫어 살겠냐 이거?"

그들의 대화는 요즈음 '전투적'이라는 말이 어울릴 정도로 급격히 치고 올라오는 새벽 기사단에 대한 푸념일 뿐이었으나, 별안간 김유린이 한숨을 내쉬며 제 머리를 헝클어뜨렸다.

"아이 씨……."

너무 결과론적인 이야기이긴 하지만, 지금 이 사태는 모두 자신의 탓이기 때문이다.

먼저 '고블린 연금술사'.

요즘 연금계와 기사계를 들끓게 만드는 이 연금술사는 요선 알케미하우스와 돈독한 관계를 맺고 있고, '요선' 쪽이 고블린 시리즈 포션의 독점 공급권을 취득한 것으로 추정된다. 그리고 칠흑 기사단이 그 '고블린 연금술사'의 정보를 받지 못한 이유는 단순히 김유린과 하젤린의 관계가 최악이라는 말로도 모자랄 정도로 험악한 탓이다.

다음으로 대장장이 공모 대회. 새벽이 엄청난 금액을 후원하면서 대장장이 협회에 바란 것은 오직 각 심사 당 하나의 무기를 선점할 수 있는 권리.

과거 같았으면 말도 안 된다 반발하여 다른 기사단과 협업을 해서라도 저지했겠지만, 이 공모 대회는 명백한 하락세였기에 그냥 놔뒀다.

차라리 그 돈으로 다른 인프라에 투자하는 것이 낫다고 김유린 자신이 직접 주장했다.

하나 그 예측은 멋들어지게 어긋났다. 태백의 제자가 참가한다고 들었을 때까지는 괜찮았다. 그러나 '오크의 대장간'. 성별, 나이, 종족, 아무것도 알려지지 않는 이 묘연한 인물의 등장은 아득한 예상외였다.

당장 어제 김유린은 그가 2차 심사용으로 제출한 무기를 심사했다.

'열화(熱火) 강철제 사브르'.

그녀는 사브르의 우아하고 서늘한 귀족적 자태에 놀라고, 그 앞에 붙은 평생 처음 보는 수식어에 한 번 더 놀랐다.

처음에는 '열화(熱火)'가 도대체 무슨 뜻인지 의문이었다. 그러나 고작 5분 동안의 시용(試用) 끝에, 그 뜻을 확실히 파악할 수 있었다.

그리고 감탄했다.

검에 마나를 불어넣자 마나의 검광은 붉은색으로 물들었고, 그 붉은 검기는 고열로 들끓었다. 비록 성능은 중품에 불과하기에 많은 마나를 불어넣을 순 없었지만, 마나의 성질에 열화를 더해주는 효과는 말 그대로 대박.

대단히 좋은 무기였다. 칠흑 기사단에 꼭 가져오고 싶을 정도로 아주, 지극히 좋은 무기.

그러나 그것은 그저 그림의 떡일 뿐이다.

'무기 선점권'이 문제였다. 새벽이 바보가 아닌 이상, 당연히 이 사브르를 선점할 터. 그녀는 이런 좋은 무기를 경쟁도 못 해보고 새벽에게 넘겨줘야 한다는 사실에 밤잠을 설쳤다.

"이 병신, 병신, 병신……."

"그, 그만하세요!"

결국 참다못한 유린이 제 머리통을 후려갈기며 자해를 시작했을 때, 별안간 김수겸이 튀어나와서 그녀를 말렸다.

"……으음. 언제부터 보고 있었니?"

괜히 멋쩍어진 그녀는 뒷목을 긁적이며 그를 바라보았다.

아담한 키에 귀여운 얼굴. 그러나 그 앳된 얼굴과는 정반대로 재능만큼은 특출 나 23살의 어린 나이에 벌써 중급 기사로 승급한 칠흑 기사단의 유망주.

"방금 왔어요. 종석 형님이랑 대련하다가 잠시 쉬려고."

"……그래?"

유린이 짙은 한숨을 내쉬었다. 김수겸은 그런 그녀를 안타깝다는 듯이 쳐다보다가, 따뜻한 커피를 하나 건넸다.

"음?"

"너무 그렇게 신경 쓰지 마세요. 유린 기사님이 이렇게 될 줄 알고 계셨던 것도 아닌데……."

"……그래, 고맙다."

그녀는 자신을 위해주는 이 기특한 부하 기사의 머리를 한 번 쓰다듬어 주었다. 그러자 그의 볼에 홍조가 발그레 떠올랐다.

"근데 그 고블린 연금술사는 확실히 새벽 쪽이랑 연이 닿은 게 맞을까?"

그녀가 커피를 홀짝이며 물었다. 김수겸의 집안은 꽤나 명문이다. 당장 그의 아버지가 지금 판사로 재직 중이고 큰아버지는 마법사 협회의 부회장일 정도로. 그러니 '정보'의 측면에서는 아마 자신보다 빠삭할 터.

"자세히는 저도 잘 모르지만…… 거의 확실하죠? 포션이 계속 새벽 쪽으로 흘러가는 거 보면. 노골적으로 우대해 주고 있잖아요."

"……무슨 조건을 제시했는지는 알고 있어?"

"예? 아, 들리는 소문으로는 새벽이 연금술사한테 개인 공방이랑 약재 무한 공급을 약속했대요. 그래서 이런 포션 물량이 나오는 거고."

혜성처럼 등장한 연금술의 귀재, 고블린 연금술사.

그 이름은 조금 꺼림칙하지만 능력과 재능만큼은 이른바 '로데스의 현신'이라 불릴 정도로 뛰어나다. 게다가 이 연금술사는 성실하기까지 해서, 데뷔한 지 5개월 만에 무려 50여 개의 포션을 제조하여 '공장장'이라는 타이틀을 거머쥐었다.

"아! 그리고 제트기도. 제트기를 사줬다는 소문도 있어요."

"뭣, 제트…… 하아. 답이 없네, 답이 없어. 개넨 무슨 돈이 남아도나……."

김유린이 지끈거리는 머리를 짓누르며 한숨을 내쉬었다.

그녀는 요즘 한숨이 무척 잦아졌다.

대한민국 최고인 칠흑 기사단이, 현재도 짱짱하고 미래는 더 창창할 연금술사와의 관계가 안 좋다는 건 대단히 치명적인 결점이다. 게다가 그게 오롯이 자신의 탓이라면…….

'……하젤린.'

그러다 문득 누군가의 낯짝이 떠올라, 김유린이 이를 아득 깨물었다. 끝까지, 정말 끝까지 질기도록 방해하는구나, 이 못된 년.

"……수겸아, 정보 좀 하나 찾아줄 수 있겠니?"

유린이 힘 없는 목소리로 물었다. 수겸은 그 즉시 고개를 끄덕였다.

"물론이죠. 말씀만 하세요."

"고블린 연금술사. 누군지 신상 좀 캐줘."

"……예?"

수겸이 놀라며 되물었다. 연금술사의 신상을 비밀로 하는 것은 오래된 불문율이다. 적어도 연금술사들과 공생관계인 기사단에게는 그렇다.

"어쩔 수 없잖아."

그러나 김유린도 그저 이렇게 마냥 당할 수만은 없었다. 포션 경매가 시작하는 날도 실수인 척 잘못 알려줘서, 경매장에 참석도 하지 못한 게 부지기수다. 하젤린과 맞부딪치는 한이 있더라도 이제는 무슨 수를 써야 할 때가 되었다.

"그래도, 만약 만나셔도, 어떻게 하실 건데요? 새벽보다 좋은 조건을 제시할 수는 없어요."

"그건……."

유린은 관자놀이를 문지르며 고민하다가, 이내 유일하게 떠오르는 한 가지 방법을 툭 내뱉었다.

"그 고블린이 남자이길 바라야지 않겠니."

"예?! 무, 무슨 소리예요, 그게!"

단지 농담일 뿐이었다. 그러나 김수겸의 반응이 가관이었다. 그는 얼굴을 악귀처럼 우그러뜨린 채 벌떡 일어났다. 꽉 쥔 두 주먹이 부들부들 떨렸다.

"그, 그, 그……."

수겸이 말도 제대로 잇지 못하자, 유린은 기가 막힌다는 듯 코웃음을 쳤다.

"……농담이야. 설마 그러겠니, 내가? 그래도 칠흑 기사단의 고위 기사로서 그 연금술사님과 말은 해봐야 할 거 아니니. 이대로 있다간 죽도 밥도 안 돼. 포션도 포션이지만, 대한민국 최고라는 명성과 자존심이 더 중요해."

"그…… 그건 그렇죠, 네……."

그제야 김수겸은 진정하며 자리에 앉았다.

"한번 알아봐 줘. 이대로 새벽한테 다 뺏길 수는 없어. 안 그래도 요즘 '균열' 때문에 알력다툼이 잦은데."

"……예, 근데 정말 그러시는 거 아니죠?"

김수겸이 토끼처럼 조심스레 되물었다. 유린은 피식 웃으며 답했다.

"그래, 넌 나를 뭐로 보는 거니?"

"……네. 그럼 제가 최대한 알아볼게요."

식곤증이 햇볕의 그늘처럼 덮쳐오는 오후. 소파에 늘어져라 누워 잠에 들락 말락 하고 있는 흑색 늑대를, 핸드폰의 부르릉— 하는 진동이 깨웠다.

눈을 뜬 흑색 늑대가 핸드폰으로 다리를 뻗었다. 그저 짐승에 불과했던 그 발은 어느새 인간의 손으로 변해 핸드폰을 움켜쥐었다.

「이번 공모대전에 엄청 좋은 무기 들어왔어요. 한번 보실래요?」

유세정이 보낸 문자였다.

세정과 첫 사냥을 한 이후로 한 달 하고도 일주일, 횟수로는 8번째. 그녀는 요즘 이런 문자를 자주 보내왔다. 사냥하는 일이 없더라도, 이틀에 한 번씩은 꼭.

어쩌면 자신과 그녀의 관계가 어느 정도는 친밀해졌다는 방증이겠지.

김세진은 그 문자를 바라보다가, 천천히 손가락을 놀렸다.

「뭔데? 또 그 ORK인가 하는 대장장이가 만든 무기?」

핸드폰을 내려놓기 무섭게 답장이 왔다.

「네. 이번에는 '사브르'인데 아주 대단해요. 무기에 특별한 효과까지 부가되어 있어요. 마나를 불어넣으면 마나가 붉게 물들면서 고열을 띄는데, 이게 마나의 절삭력과 합쳐져서 엄청난 위력을 발휘할 것 같아요. 안타깝게도 휘둘러보지는 못했지만.」

「그런 거 알려줘도 되는 거야? 스포일러 아닌가?」

「뭐 어때요.」

간단한 답장, 그 이후에는 사브르의 사진이 좌르륵 올라왔다. 무슨 여자들이 음식 사진 찍는 거 마냥 여러 각도로, 심지어 필터 효과까지 넣었다.

「좋아 보이네. 이것도 네가 쓸 거야?」

「그러고 싶은데, 안 돼요. 아무래도 눈치가 보여서. 최종 심사 물건을 제가 가지려면 이번 건 양보해야 해요. 이번 최종 심사에 어떤 물건이 나올지 엄청 기대됨.(웃음)」

좋은 물건이라고 말해주니 괜히 뿌듯했다.

촌철살인의 냉정한 심사평으로 유명한 유세정이 이렇게 말해주니, 이번에도 좋은 반응을 얻을 수 있겠지.

「근데 이번 주 금요일 시간 있어요?」
「없진 않지. 왜, 또 사냥?」
「네.」

세진이 피식 웃었다. 아무래도 여태까지의 문자는 사냥제안을 위한 포석이었나 보다.

「좋지. 오후 두 시 어때?」
「네. 좋아요.(감사)」
「근데 뒤에 감정표현 이모티콘 안 해도 되.」
「네. 근데 되가 아니라 '돼'예요. '안 돼'는 제대로 쓰시면서, 왜 다른 맞춤법은 못 맞추세요?」

"……큼."

「미안. 내가 교육을 많이 못 받아서. 새겨들을게」
「(웃음)(괜찮음)」

"……후우."
이건 도대체가 놀리는 건지…… 세진은 머리를 벅벅 긁으며 한숨을 내쉬었다.

10장 태동

몬스터 필드의 중하급 지대. 유세정과 김세진은 좋은 분위기 속에서 사냥을 하고 있다.

사냥을 시작한 지 고작 한 시간이 지났음에도, 확장 주머니는 벌써부터 몬스터의 사체로 가득차기 직전이었다.

"아, 요즘 몬스터가 도심에서 난동을 부리는 사건이 많아졌대요."

몬스터를 탐색하던 와중, 유세정이 문득 생각났다는 듯 말을 꺼냈다.

"그래?"

"네, 그래서 기사단이 진상조사를 나서는데, 아무래도 석연찮은 점이 꽤 많았나 봐요. 모두 극비로 부쳐졌거든요."

"흠. 이상하네. 아, 저기 또 흑색 늑대가 숨어 있다."

그가 수풀 속을 가리키며 말했다. 흑색 늑대라 하니 왠지 모를 동질감이 들었으나, 어쩔 수 없다. 약육강식의 섭리는 냉혹한 법.

"네, 갈게요."

인간이 흑색 늑대를 탐지해 낼 수 있다는 사실은 충분히 놀라웠지만, 이제 익숙해진 유세정은 태연히 대답하며 검에 마나를 그러모았다. 그녀가 움켜쥔 명검에 형형한 마나가 솟아오르다, 이내 정제된 칼날을 형성했다.

그녀의 마나는 처음 만났을 때에 비해서 그 농도, 빛깔 등등…… 모든 면이 확연히 눈에 띄게 성장해 있었다. 이 급격한 성장세에 대해 세정은 자신도 특성이 있기에 가능한 일이라 말해주었다. 물론 그 특성이 무엇인지는 구체적으로 언급하기를 꺼려했지만.

"하앗-!"

기합과 함께, 그녀가 지축을 박차고 도약했다. 목표는 수풀 속에 숨어 있는 흑색 늑대.

-촤악!

그녀의 깔끔한 횡 베기가 수풀을 양단하고, 흑색 늑대는 애처로운 단말마를 내뱉으며 즉사했다. 그는 저도 모르게 고개를 숙이며 잠시 애도를 표했다.

"풋. 뭐 해요?"

흑색 늑대의 사체를 확장주머니에 집어넣고서 세정이 미소를 흘리며 다가왔다.

"아, 별거 아니야."

그가 대충 얼버무렸다. 세정은 고개를 한번 갸웃하더니, 별안간 핸드폰을 꺼내 시간을 확인했다.

"이제 그만 가요."

"음? 한 시간밖에 안 지났는데?"

"저 내일 승급시험 때문에 아덴에 가야 해요."

"아, 그래?"

'아덴'은 마천루가 즐비한 강원도에서도 특히 높이 솟은 하나의 '탑'을 일컫는다.

기사의 성지라 불리는 아덴은 기사들의 승급시험을 주관하고, 기사 생도들의 교육을 담당하는 등 기사 관련 행정, 교육업무를 수행한다.

"근데 아직 기사(技士, 운전기사)님 오시려면 시간 조금 남았는데, 그때까지 같이 커피나 마셔요."

세정이 미소를 지으며 제안했다.

그는 잠시 고민했다. 지금 시간은 3시 30분. 아직 오후고, 어차피 이 이후에 따로 사냥을 나서려고 했으니 굳이 시간의 제약에 걸릴 건 없다.

"어. 좋아."

그가 고개를 끄덕였다.

"그럼, 바로 가요. 휴게소에 새로운 커피숍 생겼던데. 던인 커피(Dawn in coffee)라고."

"나는 아무 데나 좋아. 그런 거 잘 모르거든."

"네, 그럼 저만 따라오세요."

두 사람은 발길을 되돌려 몬스터 휴게소로 향했다.

휴게소에 도착한 세진은 유세정에게 이끌려 커피숍으로 들어왔다. 계산과 주문은 세정의 몫이었다. 그녀는 능숙한 태도로 카운터에 주문을 넣고는, 김세진이 기다리는 탁자로 돌아왔다.

"언제 오신대?"

그가 묻자, 세정은 잠시 대답을 유보하고 핸드폰을 꺼내 들었다.

"30분. 30분이요."

그녀가 액정 화면을 바라보며 대답했다. 그러곤 말이 없었다. 계속 혀로 입술을 축이는 게, 살짝 긴장한 모양새였다.

세정은 오늘부터 강원도, 기사의 성지 '아덴'에서 일주일 동안 합숙을 시작한다. 승급시험을 위해서였다.

물론 고작 18세의 나이로 중급 기사로 승급하는 것은 거의 불가능이지만, 훗날 있을 승급을 위해서라도 승급시험에는 꾸준히 참가해야만 한다.

"음…… 긴장돼?"

그가 묻자, 세정은 그 즉시 고개를 저었다. 그러나 이상하리만치 신속한 반응은 오히려 그녀가 긴장을 하고 있다는 방증이 되었다.

"아뇨, 전혀요. 어차피 기대도 안 해요. 실적도 그렇고, 실력도 그렇고. 아직 중급 기사까지는 한참 멀었으니까요."

"……그래?"

실제로 세정이 처음에 보였던 긴장 증세는 시간이 지날수록 잦아들었다.

이렇듯 그와 함께 대화를 나누고 커피도 마시며, 그녀는 점차 제 마음이 진정되어 감을 느꼈다.

"세진 씨한테는…… 참 좋은 냄새가 나요."

그렇게 약 20분이 흐르고 어느새 커피도 식어버린 탁자 위에서 할 말이 없어진 세진이 멍하니 핸드폰을 바라보기만 하자, 별안간 유세정이 스치듯 말했다.

"그래? 근데 나 향수 안 써."

"알아요. 이런 향수, 들어 보지도 못했으니까."

세정은 그를 바라보며 피식 미소를 지었다.

"근데 이 향기가 되게 신기해요. 같이 있으면 이상하게 마음이 안정돼요. 솔직히 저 방금 전까지는 잔뜩 긴장하고 있었거든요. 근데 자꾸 세진 씨 냄새를 맡다보면……."

세정은 말을 잠시 멈추고서는 조심스레 냄새를 맡았다. 냄새를 맡는 행위에도 품격이란 게 존재한다고 느껴질 정도로, 그녀는 단아하고 조신했다.

"막 마음이 차분해지고 그러네요. 세진 씨는 모르셨죠? 원래 자기 냄새는 자기가 모르잖아요."

"아…… 그래? 어. 나는 몰랐지."

사실, 당연히 알고 있었다. 이것은 특성으로 말미암은 '패시브 스킬' 때문. 늑대의 향기는 이성에게 특별한 효과를 일으킨다고 했다. 필시 그녀는 지금 그 효과에 노출된 것이리라.

"근데 그게 또 희미해서, 지금처럼 밀폐된 공간이 아니면 맡기가 쉽지 않아요. 특히 숲에서는. 피비린내랑 몬스터의 냄새가 더 심해서."

"그래서 일부러 여기로 오자고 한 거야?"

"……넵. 그런 점도 없지 않아 있죠."

그녀가 그렇게 말하며 미소를 지었을 때, 별안간 탁자 위에 있는 핸드폰이 위잉- 하며 울었다.

"아, 오셨나 봐요. 저 이제 가봐야 할 거 같아요."

유세정이 먼저 몸을 일으켰고, 세진도 따라서 일어났다.

"응, 열심히 하고."

"네, 고마워요. 근데…… 나중에, 이런 일 필요할 때 종종 부탁드려도 될까요?"

그녀의 귀여운 부탁에, 그는 입가에 미소를 머금은 채 고개를 끄덕였다.

그와 동시에 알림이 울렸다.

▶'늑대의 향기'의 등급이 C-에서 C로 상승했습니다.

-늑대의 내음. 상대의 성별과 종족, 취향과 특질에 따라 각기 다른 긍정적 영향을 끼칩니다.

-이 스킬은 인간형일 때도 적용됩니다.

"그럼, 저 먼저 갈게요. 그…… 따라오지는 마세요. 아버지도 오셨거든요."

유세정이 살짝 미안한 기색으로 말했다. 그러나 세진은 오히려 그게 당연하다는 듯 고개를 끄덕였다

그렇게 그는 그녀의 뒷모습을 눈으로만 배웅한 후, 몸을 돌려 다시금 몬스터 필드로 향했다.

본격적인 사냥은 이제부터가 시작이다.

김세진의 특성은 꾸준히 성장했다. 중급 지대를 부지런히 배회하며 사냥을 게을리하지 않았고, 포션을 만드는 데 필요한 소수의 마나석을 제외하고는 모두 집어삼켰다.

그러나 문제는 역시 '진화'였다. 진화의 실마리는 도저히 보이지 않았다.

아니, 보이지 않았었다.

'……주술(呪術) 고블린.'

늑대야수 폼을 취한 김세진, 그는 몸을 수그린 채 저 멀리 보이는 고블린 부락을 관찰했다. 우연히 발견한 산등성이에 진을 친 생김새의 부락. 저 부락의 고블린이 어떤 종류인지 파악하기는 쉬웠다. 그들이 들고 있는 솟대 같은 막대기를 보면 알 수 있다.

주술을 부리는 고블린, 일명 '주술 고블린'이다.

작은 몸집과 미약한 무력, 그러나 그 유약한 외견과는 달리 놈들의 악명은 하늘을 들끓는다.

그것은 비단 놈들이 온갖 해괴한 주술을 행하기 때문만이 아니다.

놈들의 흉험한 저주를 감내하고서 부락을 모두 정벌한다 하더라도 전리품은 전무. 혹시 포션을 습득할 가능성이라도 있는 약재 고블린에 비해서도 최악.

굳이 위험을 무릅쓸 이유가 결코 없는 '하이 리스크 로우 리턴'이다.

그러나 그것은 오직 몬스터의 가치를 돈으로 판단하는 자들에게만 유효한 잣대일 뿐.

'그때, 고블린을 죽여서 진화를 했었지.'

사실 고블린은 진화라고 하기에도 애매하다. 순간적으로 지식을 습득한다는 의미인 '깨우침'이 더욱 알맞으리라.

—꿀꺽.

세진이 저도 모르게 침을 삼켰다. 주술 고블린. 지금의 그로서도 만만치 않은 상대다. 물론 일 대 일이라면 간단하지만, 언제나 인생은 그렇게 호락호락하지 않다.

'엘리트, 혹은 그 이상을 죽여야 한다.'

평범한 고블린으로는 안 된다. 그때처럼 온몸에 문신이 덧대어져 있는 '엘리트 고블린'이 필요하다.

그는 늑대의 동공으로 저 부락을 더욱 멀리, 깊게 응시했다.

한정되었던 시야가 점차 확대되었다. 한계를 모르고 끝없이 뻗어 나가던 시계(視界)는 곧 하나의 고블린을 포착해냈다.

부락의 가장 깊은 곳, 이상한 의식을 벌이고 있는 유별난 고블린. 머리에 쓴 추장의 탈과 온몸에 덕지덕지 그려져 있는 문신.

저놈이다.

야수의 심장에서부터 번져 나온 늑대의 흉포한 투쟁심에 몸이 부르르 떨렸다.

어떻게 저 고블린을 죽여야 할까. 방법은 간단했다.

이 산등성이를 횡단하여 우두머리 고블린만을 물어 죽이

고 도주한다.

지금 여기에서 부락의 가장 끄트머리까지, 야수의 각력으로는 10초면 충분.

그러나 그것으로는 조금 부족하다는 생각이 들었다. 고블린의 주술은 아주 빠르게 시전된다. 놈들의 저주를 피하기 위해서는 그보다 더한 신속이 필요하다.

그는 야수의 팔목에 매달려 있는 작은 주머니 안에서 포션을 꺼냈다. 신체를 잠시나마 강맹하게 만들어주는 중하급 포션 '고블린의 용기'. 야수의 손에 비해 먼지처럼 작은 그것은 뚜껑을 열기도 힘들어, 그냥 병째로 집어삼켰다.

포션의 효능은 빨랐다. 근육이 비대해지고 몸이 뜨거워졌다.

세진은 몸을 반쯤 수그린, 전력 질주의 자세를 취했다.

그러나 아직 하나의 도핑이 더 남아 있다.

['역전의 전사' 가 적용되었습니다. 능력치가 상향 조정됩니다.]

역전의 전사는 내구와 근력, 그리고 무통에 도움을 주는 스킬, 속력과는 그렇게 깊은 관계가 있지 않다. 그러나 세진은 내구와 무통의 도움이 필요했다.

늑대, 야수의 심장은 몸을 순환하는 혈액을 조절할 수 있다. 그 혈류를 순간적으로 급가속한다면 잠시나마 한계 이상의 각력을 발휘할 수 있을 터.

"크으으……."

체내의 혈액이 들끓듯이 분류(奔流)한다. 몸이 터질 듯 뜨거워진 속에서, 세진은 자신의 체감 시간이 늘려진 듯한 묘한 감각을 느꼈다.

바람의 흐름이, 그 바람에 의해 수풀이 쏴아아–진동하는 모습이 선명하게 보였다.

준비는 이걸로 끝이다.

그 즉시 그는 노면을 세차게 박찼다.

그리고 세계가 어그러지는 듯한 착각이 일었다. 속도의 압력에 사방의 공기가 뭉개지듯 짓눌리고, 한 발자국, 한 발자국 내디딜 때 마다 노면이 거칠게 패였다.

그렇게 어느 정도 가속도가 붙을 즈음 '선풍의 질주'를 사용한다.

쾌속을 넘은 신속.

잔상조차도 남기지 않는 야수는 지상에서 내린 벼락이었다.

"……!"

시간으로 따지자면 2초도 채 지나지 않았을 찰나의 순간, 김세진은 우두머리 고블린의 앞에 당도했다.

고블린의 표정이 변하기보다 먼저, 늑대의 흉험한 이빨이 놈의 모가지로 향한다!

콰직—

그는 놈의 목덜미를 깨문 채, 다시금 달렸다. 굳이 시간을 지체하여 저주에 걸리고 싶지는 않았기에.

▶[완료 : 고블린의 전통, 기억전이]

- 주술 고블린(우두머리)의 피를 섭취하셨습니다. 이제 '우두머리 고블린의 주술' 을 활용할 수 있습니다. (사용 가능 주술은 '마력' 수치에 따라 다릅니다.)

▶' 영체화' [숙련 등급 F]

-물체를 영체화하여 체내에 담아둘 수 있습니다.

-영체화하여 스며든 물체는 본래 속성의 30%에 해당하는 능력을 신체에 부여합니다.

▶' 속박의 저주' [숙련 등급 F]

-체내의 혈액을 소모하여 상대방을 속박합니다.

▶' 마력 문신' [숙련 등급 F]

-포션, 타인의 혈액, 마나원액을 이용하여 자신 혹은 타인의 몸에 '마력 문신' 을 새길 수 있습니다.

-마력 문신은 그 재료에 따라 각기 다른 효과가 있습니다.

알림이 떠올랐다. 김세진은 진한 미소를 지으며 달리고 또 달렸다.

'영체화'. 참 좋은 스킬을 하나 얻었다. 아니, 주술인가?

어찌되었든 만족스럽다. 물체를 영체화하여 체내에 담아 그 속성의 일부를 부여받는다는 것은, 즉, 자신이 만들 장비를 또 다른 방법으로 활용할 수 있다는 뜻.

게다가 '마력 문신' 또한 활용 방안이 무궁무진하다.

"……크르르."

인적이 드문 개울가에 도착한 세진은 일단 고블린의 사체를 내려두고서, 혹시라도 있을 전리품을 탐색하려 했다.

한데 왼팔이 움직이지 않았다.

"……?"

그는 어리둥절하며 제 왼팔을 바라보았다.

그 팔에서는 검은색 기운이 스멀스멀 피어오르고 있었다.

'저주'였다.

'……아, 시발.'

빌어먹을 고블린들이 그 짧은 시간에 저주를 걸었구나.

"크아아아아–!"

수많은 기사와 사냥꾼들이 주술 고블린을 기피하는 이유를, 그는 오늘 뼈저리게 깨달을 수 있었다.

세진은 집으로 돌아오자마자 인터넷에 '고블린 저주 치료법'을 검색해 봤다.

방법은 두 가지가 있었다.

하나는 버프마법을 주로 익힌 마법사에게 '정화'라는 마법의 세례를 받거나, 다른 하나는 저주가 자연적으로 중화될 때까지 기다리는 것.

전자는 사흘이면 충분하지만 돈이 많이 들고, 후자는 최소 3주 이상의 시간이 걸린다고 했다.

"여보세요? 하젤린 씨?"

그래서 그는 일단 하젤린에게 전화를 걸었다. 마법사와 연금술사는 어느 정도 연관이 있는 직종이라고 생각했기에.

–어, 세진 씨. 무슨 일이에요~?

다행히도 하젤린은 말꼬리를 늘리며 반갑게 맞이해 주었다.

"아 그게, 제가……."

세진은 방금 있었던 사건을 최대한 간략, 축소해서 설명했다. 중하급 지대에서 사냥을 하던 와중에, 길을 잃은 주술 고블린에게 저주가 걸려 버렸다고.

–어머, 진짜요? 왜 하필 팔이…… 큰일났네요. 아, 근데 지금 제가 해외 출장 때문에 공항에 와 있거든요……? 어떻게 하지?

"혹시 다른 마법사 아시는 분 없으세요?"

–있긴 있죠. 근데 괜찮겠어요?

하젤린이 조심스레 되물었다. 대부분의 연금술사는 타인이 집에 들어오는 것을 병적으로 싫어하기에.

그러나 세진에겐 그런 강박증이 없었다.

"네, 저는 괜찮아요."

—아 그러면…… 세진 씨 집으로 후배 마법사를 보내줄게요. 걱정하지 말고 기다리고 있으세요. 아, 연금술사라고는 말 안 할 테니까, 말 조심하시구요.

"네, 고마워요. 아, 괜히 걱정했네. 처음부터 하젤린 씨한테 연락할걸."

—히힛. 괜찮을 거예요. 그럼 기다리고 있으세요~

하젤린의 살가운 말을 마지막으로 통화가 끝났다. 생각과는 다르게 이 저주는 쉽게 일단락될 듯했다.

저주도 해결됐겠다, 세진은 휴대폰을 내려놓고 지하실로 향했다. 우두머리 고블린을 죽임으로써 얻은 주술을 시험해 보기 위해서였다.

넓은 지하실은 왼편과 오른편이 서로 다른 공방이었다.

왼편은 포션을 만들기 위한 도구와 약재, 마나석들이 즐비해 있는 '연금술 공방'이고, 오른편은 여러 금속이 보관되어 있는 수납장과 소파, 그리고 여태 만든 무기를 보관해 둔 진열장이 있는—물론 전혀 대장간 같지 않지만—'대장간'이다.

'일단 영체화를 먼저.'

물체를 영체화하여 체내에 담아둘 수 있다는 '영체화'. 세진은 일단 그 주술을 시용(試用)해 보기 위해, 서랍장에서 강철주괴를 하나 꺼내 들었다.

주괴를 움켜쥔 채, 그는 눈을 감고 주술을 시전했다. 그러자 견고한 강철이 물처럼 흐물흐물해지더니, 이내 철색 기체로 산화하여 그의 몸으로 스며들었다.

[평범한 강철주괴의 영체가 스며들어, 몸이 단단해집니다. 「포화도 5/100」 (이는 다른 폼으로 전환하여도 유지됩니다.)]

-> 내구 7 상승.

겉보기에는 아무런 변화가 없지만, 몸이 더욱 튼튼해졌다는 느낌은 확실히 존재한다.

역시, 문장을 두고 씨름하기보다 직접 부딪쳐보는 쪽이 이해가 쉬웠다.

'포화도는 100이 넘어갈 때까지 물체를 담아둘 수 있다는 뜻이겠지'

납득한 세진은 다음 단계를 시도해 봤다. 이번에는 유리 전시장에 진열되어 있는 무기들을 쓱 훑었다.

모두 자신이 만들었으나, 2차 심사용으로 쓰기에는 아쉬움이 많아 꼬불쳐 뒀던 무기들.

그는 그중에서도 'E등급 파쇄'라는 성질이 부여된 강철 메이스를 들었다. '쪼개짐면'이라는 성질을 조절한 이 메이스는 다른 무기를 파쇄하는 둔기로, 저보다 강도가 한 단계 이상 낮은 무기를 파괴할 수 있다.

'영체화.'

영체화는 생각에 감응하여 발현되었고, 메이스는 영체로 산화하여 그의 몸으로 흘러 들어갔다.

[E등급 성질이 부여된 강철 메이스의 영체가 스며들어, 몸에 특수한 효과가 적용됩니다. 「포화도 50/100」]

-> 근력, 내구 15 상승.

-> F-등급 성질, '파쇄'가 온몸에 적용됩니다.

"……오."

김세진이 나지막한 감탄을 내질렀다. 확실히 이건 정말 유용하다. 이거면 이제 '인간 김세진'으로도 어느 정도 이상의 무력을 갖추는 게 가능하다.

'근데 마력 문신은…….'

다음 주술은 마력 문신. 설명만 들으면 아주 유용해 보인다.

그러나 자기 자신에게 타투를 하는 일이 아주 힘들다는 점을 미루어보면, 어쩌면 이것은 노골적으로 '타인'을 위한 주술. 그렇기에 우두머리 고블린과 퍽 잘 어울린다. 우두머리는 다른 고블린에게 포상으로써 이 마력 문신을 '하사'하는 역할이었을 테니.

—띵동.

그래도 팔에 한번 문신을 새겨 넣어 볼까, 생각하는 찰나에 초인종이 울렸다. 분명 하젤린이 보낸 마법사일 터. 그는 부랴부랴 계단을 올라갔다.

"누구세요?"

의례상의 질문을 던지자, 문밖에서 '마법사입니다'라는 남자 목소리가 들려왔다. 세진은 문을 열었다.

"안녕하십니까. 마법사 김요한입니다."

청색 로브를 뒤집어 쓴 마법사였다. 마법사는 특이하게 로브의 색깔로 그 등급 구분이 가능한데, 청색은 C등급 마법사란 의미다. 참고로 등급은 A~F등급까지, 알파벳의 순번이 빠를수록 등급이 높다.

"네, 들어오세요."

세진은 마법사를 거실의 침대로 안내했다.

그렇게 두 남자는 서로 어색하니 말도 없이 소파에 걸터앉았다.

"바로 시작할까요?"

"예, 부탁드립니다."

세진이 소매를 걷어 저주가 걸린 팔을 보여주자, 마법사는 순간 기함했다.

"허, 이거 생각보다 심각하군요. 적어도 2주 이상은 꾸준히 정화를 받으셔야 할 것 같은데요?"

"아…… 그렇습니까?"

"예, 그렇죠. 중하급 저주라기에 편안히 왔는데…… 아무래도 다음부터는 저보다 더 뛰어난 마법사가 필요할 것 같아요."

그러곤 침묵. 마법사라는 남자는 멍하니 그 저주의 용태를 바라보기만 했다. 아니, 어느 순간부터는 저주가 아닌 팔 자체를 유심히 관찰하고 있었다.

그렇게 10분이 지나고, 15분이 흘렀다.

"……뭐하십니까?"

"……예? 아, 아. 죄송합니다. 이게 핏줄이 조금 이상하셔서…… 큼. 이제 시작하겠습니다."

그제야 마법사는 제 손을 세진의 팔에 대고 영창을 외웠다.

그러자 신비한 일이 벌어졌다.

대기의 마나가 그 손으로 모여들더니, 순백의 찬연한 빛을 이루었다. 따스함과 포근함이 동시에 느껴지는 빛. 세진은 눈을 감고 이 나른하리만치 기분 좋은 감각을 만끽했다.

그리고 그와 동시에 알림이 떠올랐다.

조금은 아니, 아주 많이 생뚱맞은 알림이었다.

[조건 완료: 오크의 기쁨-평단, 매스컴, 대중의 인정.]

-당신이 제조한 장비가 수많은 사람들에게 인정을 받았습니다. 포밍 몬스터가 오크 전사에서 오크 재규어로 변화합니다.

-포밍 능력치가 상향 조정됩니다.

"……와?"

"예?"

세진이 어리둥절하며 이유 모를 탄성을 지르자, 마법사가 되물었다.

"네?"

"예?"

"……."

별안간 벌어진 바보스러운 외마디 대화를 침묵으로 종식시키고서, 세진은 리모콘과 핸드폰을 동시에 집어 들었다.

"잠시 TV좀 켜도 될까요?"

"아, 예. 상관없습니다. 어차피 정화는 끝났어요."

"벌써요?"

"네, 이 정화는 8시간 동안 지속되며 저주와 싸울 겁니다. 처음에는 무조건 져요. 그러나 그렇게 패배하면서 저주를 약화시키는 거죠."

"아하……."

세진이 고개를 끄덕이고는 잠시 기다렸다. 그는 할 일이 끝난 마법사가 이제 집으로 돌아갈 거라 생각했다.

그러나 마법사는 아주 편안한 자세로 소파에 기댄 채, 새까만 TV화면을 응시할 뿐이었다.

"……."

그래서 세진은 그냥 TV를 켰다. 채널은 08번. '대장장이 공모 대회'가 방영되는 채널이다.

—'ORK', 혹은 '오크의 대장간 K' 대장장이님께서 만드신 '열화 강철제 사브레'가 평균평점 9.48로 2차 심사에서도 우승을 차지했습니다!

프로그램은 끝나기 직전이었다.

—이 사브레는 특별한 마나 효과가 부가되어 그 등장부터 평단과 많은 기사들에게 관심을 받았는데요. 결국 2위 물품과 압도적인 차이로 끝이 났군요. 그럼 마지막으로, 요즘 제일 핫한 기사시죠? 유세정 씨의 마지막 마무리 멘트를 들어보겠습니다.

진행자가 유세정에게 마이크를 넘겼다.

—네, 아주 좋은 물건이었습니다. 디자인은 물론 그 성능도 완벽했어요. 경도와 강도 면에서는 아쉬운 점이 없지 않아 있었지만, 그래도 그 '열화'라는 효과는 저도 난생 처음 볼 정도로 신선하고 또 대단했습니다.

세정은 그렇게 짧은 말을 내뱉고서 멀뚱멀뚱 진행자를 바라보았다.

—끝인가요?

—이 대장장이님의 다음 물품이 더욱 기대되는군요.

—네~ 감사드립니다. 그럼 저희는 두 달 뒤에, 마지막 '최종 심사'편으로 찾아뵙겠습니다!

프로그램은 그걸로 끝이 났고, 세진은 핸드폰을 집어 들어

인터넷을 켰다.

포털 사이트의 실시간 검색어에는 자신이 만든 '열화 사브레'가 걸려 있었다. 뉴스기사 또한 마찬가지였다.

국내 평단, 대장장이, 기사들은 물론, 해외 언론까지 이 사브레를 열심히 소개하고 있었다.

그의 입꼬리가 절로 씨익 올라갔다.

–오늘 오전 9시 30분, 중국 베이징 일대에서 균열이 직경 500m 정도로 아주 크게 벌어진 사건이 발생했습니다. 현재 중국 정부는 사태 발생 후 8시간이 지난 지금까지도 균열에서 쏟아져 나오는 몬스터들과 대항하고 있다고 발표했는데요, 이번 사건은 중국의 몬스터 대처능력이 여전히 미흡함을…….

"……?"

한데 갑작스러운 뉴스 소리가 귓가를 어지럽혔다. 세진이 고개를 돌리자, 그곳에는 마치 제집인 양 리모컨을 다루는 마법사가 있었다.

"……저기요."

그가 기가 막힌다는 듯 묻자, 마법사는 그제야 리모컨을 퍼뜩 내려놓고 몸을 일으켰다.

"아, 예. 저는 이만 가보겠습니다. 그리고 아마 다음부터는 다른 마법사님이 오실 겁니다. 이 저주는…… 저로서는 조금 힘들 것 같아서요."

"……네. 안녕히 가세요."

세진은 마법사를 문 앞까지 배웅해 주고서, 소파 위로 돌아왔다.

―영상을 한번 보시죠.

그는 TV를 끄려 했지만, 뉴스에서 나오는 영상에 잠시 시선을 빼앗겼다. 한마디로 환상적이었다. 수많은 기사와 사냥꾼, 마법사의 합작. 기사의 검격이 대지를 가르고, 마법사의 파괴 마법이 태풍처럼 몰아친다.

"……어?"

그리고 그 마법사의 중심에서, 세진은 아주 익숙한 사람을 발견했다. 고위급 마법인 칼날 폭풍과 낙뢰를 자유자재로 휘두르며 전장을 진두지휘하는, 로브를 뒤집어쓴 여인.

"하젤린?"

오직 하관만 보이지만, 저 갸름한 턱과 늘씬한 콧대, 확실하다. 여기서 중국 베이징까지, 마나 제트기면 10분이면 충분하니 시간대도 얼추 맞는다.

"……대단하네."

그저 연금술사인 줄로만 알았는데…… 그는 멍하니 그녀의 압도적인 무위를 지켜보았다.

이튿날 오후, 김세진은 '대장장이 공모 대회'의 물품 대금을 수령하러 강원도의 우체국으로 향했다.

당당하게 갈까 생각도 해봤지만, 그냥 로브를 뒤집어쓰고 가기로 했다. 신원이 밝혀지면 꽤 귀찮은 일이 벌어질 것 같았기 때문이었다. 무엇보다 자신이 무기를 만드는 방법은, 타인에게 보여줄 수 없을 정도로 상식과 어긋나 있었으니.

"네. 확인…… 되었습니다."

세진이 본인 확인 암호를 입력하자, 카운터 직원은 단단히 밀봉된 박스를 하나 건네주었다. 그러는 와중에도 직원은 연신 세진의 눈치를 살피며 얼굴을 힐끗힐끗 들여다보려 노력했다. 아마 이 앞에 붙은 'ORK'라는 이름 때문이겠지.

직원이 부담스러워 세진은 도망치듯 우체국에서 빠져 나와 곧바로 집으로 돌아왔다.

"편지?"

소파에 앉아 박스를 풀어 보니, 안에는 오직 하나의 편지봉투가 들어 있었다.

"……억?"

편지봉투에는 억 소리가 나는 수표와 함께, 정성스레 한 글자 한 글자 씩 꾹꾹 눌러 쓴 편지가 한 장 들어 있었다.

[존경하는 대장장이, '오크의 대장간 K'님에게.

안녕하세요. 저는 새벽 기사단의 중하급 기사 유세정이라고 합니다. 원래 직접 마주보고 인사를 드려야 함이 마땅하지만, 대장장이님께서는 익명을 원하시는 것 같아 실례를 무릅쓰고 몇 줄의 글을 적어보자 합니다.

먼저 대장장이님께서 보내주신 물건, '열화의 사브르'는 저희 새벽 기사단이 구매하기로 하였습니다. 다시 한번 이런 유용한 무기를 만들어 주신 대장장이님의 깊은 노고와 각고한 노력에 감사드립니다.

대장장이님이 이 무기를 만들기 위하여 얼마나 많은 고뇌와 번민, 열성을 기울이셨을지, 식견이 좁은 저로서는 감히 상상조차도 할 수 없을 지경입니다.

……중략…….

그래서 저희 새벽 기사단과 기업 새벽은 대장장이님께 감히 하나의 제안을 드리고 싶습니다.

이 공모 대회가 끝난 이후에도 장비를 만들어 판매할 계획이 있으시다면, 혹시 저희가 작은 선물로 대장장이님의 이름을 딴 '오크의 대장간'을 하나 선물해 드려도 괜찮을지, 대장장이님의 고견을 묻고 싶습니다.

물론 저희는 그 대장간에 관한 권리를 모두 대장장이님께 증여하고, 그 이외의 모든 부분은 일체 관여하지 않을 것임을 약속드립니다. 단지 이렇듯 찬란한 재능을 지니고 계시는 'ORK'님의 앞길이 편안하길 바라는 새벽의 얕은 배려라고 생각해 주시면 감사하겠습니다.

깊이 생각해 보시고, 아래에 적혀진 주소로 답신을 보내주셨으면 합니다.

그럼 이만, 글을 줄입니다.

–새벽 기사단 중하급 기사, 유세정]

"……."

유세정이 아주 정중하게 쓴 편지였다. 그는 머리를 살짝 긁적이며 이 어긋난 인연을 어떻게 해야 할지 고민했다.

'대장간이 있으면 좋긴 할 텐데.'

"……흐음."

그는 편지와 수표를 번갈아 보며, 잠시 동안 생각에 잠겼다.

중급과 중상급의 차이.

그것은 일견 글자 하나의 차이로 보일 수 있지만, 사실 그 간극은 어마어마하다. 가장 대표적인 예로, 중상급 몬스터는 그 '특수능력'이라는 힘 때문에 중급 몬스터보다 평균적으로 20배 이상 강력하다.

그렇기에 기사든 사냥꾼이든, 중급에서 중상급으로 승급하기 위해서는 그 전 승급보다 더욱 특별하고 어려운 조건을 요한다.

"중상급 사냥꾼부터는 중급 사냥꾼 실적 순위에서도 수위를 다투셔야 하고, 단체도 필수로 들으셔야 하며, 기사단의 추천서도 필요하세요."

몬스터 상점에서 카운터의 직원이 종이 하나를 건네며 말했다.

「대한민국 중급 사냥꾼 실적순위」

1위 류승한. 3309점

2위 김초랭이. 3219점

…….

332위 *김세진. 989점.

"아, 그리고 중상급 사냥꾼이 되시면 기사처럼 실시간 랭킹이 대중들에게 공개돼요."

"……그렇군요."

세진이 얼떨떨한 표정으로 고개를 끄덕였다.

그는 사실 당황스러웠다. 그냥 몬스터 사체를 팔러 왔는데, 직원이 별안간 오지랖을 부리고 있었으니.

"……제 순위가 꽤 낮네요?"

그래도 순위가 332위인 걸 보고 있자니, 까닭 모를 승부욕이 솟아올랐다.

"예? 아…… 충분히 높으신 거예요. 저 1위 류승한 님은

13년 차 베테랑이시고, 2위 김초랭이 님도 8년 차세요. 근데 세진 씨는 고작 반년 차시니까 아~주 높으신 거죠."

"근데 앞에 별표는 뭡니까?"

"'루키'라는 표시예요. 아직 1년이 안 된 사냥꾼들한테만 붙어 있는 건데, 중급 사냥꾼 중에서는 김세진 씨 포함 2명밖에 없으세요."

세진은 턱을 매만지며 잠시 고민했다.

"그리고 '단체'라는 건 뭡니까? 기사단 소속, 그런 걸 말하는 건가요?"

"아뇨, 모임을 생각하시면 편해요. 함께 사냥도 하고, 끝나면 같이 밥도 먹고 하는. 굳이 같은 사냥꾼끼리 안 이루셔도 되고요, 그렇게 엄격한 절차가 있는 것도 아니에요. 그냥 상대방이 동의만 하면 되거든요. 신청서 드릴까요?"

"흠…… 최소 인원이 몇 명이죠?"

"본인 포함 최소 3명, 최대 30명요."

두 명…… 떠오르는 인물이 있긴 있었다.

아니, 사실 세진의 인맥은 그 두 명이 전부였다.

'하젤린'과 '유세정'.

문득 떠올리고 보니, 숫자가 적다고 씁쓸해하기에는 그 인맥의 질이 너무 대단했다.

"……단체를 꼭 이뤄야 중상급으로 승급할 수 있다, 이 말이시죠?"

"네, 필요조건 중 하나죠. 기사단 추천서도 있으면 좋아요."

"예, 알겠습니다."

그는 일단 단체조직 신청서를 받아 들고서, 집으로 향했다.

맑은 햇살이 내리쬐는 오후. 세진의 집으로 하젤린이 직접 찾아왔다.

"안녕하세요~"

그녀는 눈꼬리가 반달 모양으로 휘어지는 활기찬 미소를 지으며, 성큼성큼 집 안으로 들어왔다.

"집이 되게 좋네요."

"네, 그……."

"일단 앉아보세요. 저주부터 봐야지."

곧바로 소파에 앉은 하젤린이 자신의 옆자리를 팡팡 두드리며 세진을 불렀다.

"아, 예."

세진은 그녀의 옆자리에 착석하고서, 왼팔의 소매를 걷었다. 저주에 의해 한쪽 팔이 새까맣게 물들어 있었다.

"심하네요. 왜 마법사가 도망갔는지 알 거 같네."

하젤린이 심각한 표정으로 말했다.

"그래도 걱정하지는 마세요. 제가 왔으니까."

하젤린은 그 즉시 정화 마법을 시전했다. 순간 그녀의 손에서 태양이 떠오르는 듯한 착각이 일었다. 그만큼 온 사위를 순백으로 물들일 정도로 눈부신 빛이었다.

따스함을 넘어선 뜨거움, 팔이 저주와 함께 통째로 지져지는 듯한 감각이었다.

"됐어요. 이제 6시간이면 다 나을 거예요."

정화는 3분이면 충분했다. 하젤린은 어리둥절해하는 세진을 바라보며 흐흥-방긋 미소를 지었다.

"그럼 전 이만 가볼게요. 일이 바빠서~"

"아, 잠깐만요."

세진은 후딱 떠나가려는 하젤린의 손목을 붙잡았다. 그에 화들짝 놀란 하젤린은 저도 모르게 그의 손을 강하게 뿌리쳤다.

"뭐, 뭐예요, 갑자기."

방금 전 붙잡혀졌던 손목을 매만지며, 그녀는 세진을 경계했다. 어찌 보면 과민한 반응이었으나, 거절에 익숙한 김세진은 능숙하게 손을 휘저으며 결백을 표했다.

"아니 그런 게 아니라. 저…… 부탁 하나만 해도 될까 해서요."

"……부탁이요? 뭔데요?"

하젤린이 떨떠름하게 묻자, 세진은 그녀에게 대충 사냥꾼의 생리를 설명하고서 '단체'의 이야기를 꺼냈다. 그냥 이름만 올려 달라는 부탁이었다.

"……네, 뭐 괜찮아요. 근데 저, 다른 이름을 사용해도 되죠?"

"다른 이름이요?"

"네, 어차피 단체면 연금술사보다는 마법사로 적혀지는 게 더 좋을 거 같아서."

살짝 멍하니 있던 세진은 그때 그 뉴스에서 본 하젤린의 모습을 떠올리고는, 퍼뜩 고개를 끄덕였다.

"그럼요. 당연하죠."

하젤린이 떠나가고서, 홀로 남겨진 김세진은 어딘가로 전화를 걸었다. 시계를 슬쩍 보니 오후 1시. 아직 합숙은 진행 중이지만, 지금은 점심시간이라 전화를 받을 수 있을지도 모른다.

뚜—하는 수화음이 세 번 채 울리기 전에 여성의 목소리가 들려왔다.

—여보세요.

"어, 나야. 김세진."

—네, 알고 있어요. 무슨 일이에요?

"아 그게……."

그는 바쁜 세정을 위해 최대한 간략하게 설명했다. 단체를 만들 예정인데, 최소 인원이 3명이라 혹시 이름만 올려주면 안되겠느냐고.

—네, 그럴게요.

"아, 정말 고마워."

—아뇨, 사실 저도 합숙 끝나면 단체에 들 생각이었거든요. 지금 여기 '협동심'이라는 항목도 있어서. 오히려 제가 고맙죠.

"그럼 다행이네. 나중에 전화 갈 테니까, 거기서 동의한다고 말해주면 돼."

그는 그 말을 마지막으로 전화를 끊으려 했다. 그러나 그 전에 핸드폰에서 유세정의 목소리가 황급히 튀어나왔다.

—자자, 잠깐만요.

"……왜?"

—아덴에서 벌어진 일. 궁금하지 않으세요?

유세정은 꼭 궁금해야 한다는 말투로 물었다. 세진은 별로 궁금하지 않았으나, 그래도 별말 없이 승낙해 준 그녀가 고맙기도 해서 '그렇다'고 대답했다.

—1차 시험은 신체 훈련이었어요. 근데 이게 제가 생각했던 신체훈련이 아니었어요. 정신계 마법을 버텨내면서 줄다리기를 하는 거였는데, 진짜 정신이, 혼이 빠져…….

솔직히 잠깐이면 될 줄 알았다. 그러나 그 잠깐은 5분, 10

분으로 늘려지더니 그렇게 결국은 20분이 되었다.

교관으로 추정되는 남자가 유세정을 지적하는 목소리가 들려올 때까지, 그녀는 여태까지 아덴에서 있었던 일을 조곤조곤 끝까지 설명하려 들었다.

'설명하는 벌레…….'

—아, 이제 가볼게요.

"응. 열심히 해."

—네. 고마워요. 나중에 봐요.

"여기요."

한적한 오전. 한 남자가 찾아와서 단체조직 신청서를 제출하고서 떠나갔다. 갓 출근했던 터라 피곤했던 직원은 하품이나 하며 여유롭게 그 신청서를 들여다보았다.

"……음?"

근데 적혀진 내용이 조금 이상했다. 약간의 오타 아니면 오류가 섞여 있는 것 같은…….

"……."

직원은 잠시 고개를 갸웃하고는, 이내 적혀진 전화번호로 전화를 걸었다. 분명 장난 혹은 오류일 것이라 확신하며.

—여보세요.

"아, 예…… 혹시 셰나인 님 되시나요? 그 A급 마법사 셰나인 님? 아니시죠?"

–네? 아뇨. 셰나인 맞습니다. 무슨 일이시죠?

순간 직원의 숨이 멎었다.

고작 중급 사냥꾼이 단체장으로 있는 단체에 A급 마법사가 도대체 왜……? 이건 말이 안 되는 이야기다. 분명 누군가 장난을 쳤음이 분명하다…….

"그 단체 일 때문에…… 연락을 드렸는데요……. 역시 아니시겠죠?"

–뭐가 아니라는 거죠? 제가 분명 사인도 하고 도장도 찍었을 텐데요?

"아니, 그럼 이 단체에 셰나인 님이 참여하신다는……."

–아, 네. 맞아요. 참여하기로 했습니다. 일단 지금은 제가 너무 바빠서 이만 끊을게요. 참여하는 건 확실해요.

뚝–

전화가 끊겼다. 입을 떡 벌린 직원은 방금 자신이 들은 무엇인가를 되뇌었다. 하지만 아무리 되새겨도 도통 이해가 가질 않았다.

그러나 이렇게 계속 멍하니 있기에는 아직 하나가 더 남아 있었다. 이번에도 가관이었다.

새벽 기사단 소속 중하급 기사 유세정.

새벽의 금지옥엽이 고작 사냥꾼이 단체장으로 있는 단체

에? 직원은 떨리는 손으로 전화번호를 눌렀다.

—여보세요.

"네, 혹시 그…… 새벽 기사단 소속 유세정 님 되시나요?

—예, 맞아요.

순간 직원의 숨이 멎었다. 데자뷰였다.

"단체…… 맞으시나요? 단체."

너무 놀라, 말도 길게 이어지지 못했다. 그러나 유세정은 과연 개떡 같은 말도 찰떡같이 알아들었다.

—예, 참여합니다. 김세진 씨가 단체장으로 있는 단체 말하시는 거죠?

"……네? 아, 네. '중급 사냥꾼'…… 김세진 씨요."

—맞아요. 제 이름 올려 두세요. 새벽 기사단에서도 곧 연락드릴 거예요.

그 말을 마지막으로 통화가 끊겼다.

……직원의 정신 줄도 동시에 끊겼다.

"……."

그는 엄청난 거물과 통화했던 3분전의 자신을 떠올리다가, 잠시 멍하니 생각에 잠겼다. 중급 사냥꾼이 두고 있는 인맥이…… 도저히 이해되지 않을 지경이었다.

단체(團體).

단체제도의 처음은 그저 몬스터 사냥을 효율적으로 하기

위한 일종의 '파티' 개념이었으나, 시간이 흐를수록 점차 그 목표와 뜻, 범위가 점차 넓어졌다.

기사나 사냥꾼만이 가입하는 '사냥파티'에서 서로 간의 교류를 통해 더 나은 내일을 추구하는 다목적 모임으로.

그리하여 요즈음은 기사와 사냥꾼을 넘어, 마법사, 대장장이, 심지어 연금술사(물론 소수지만)와 일반인까지. 거의 절반에 가까운 국민이 하나에서 둘 이상의 단체에 가입되어 있는 실정이다. 그만큼 단체의 숫자도 만만치 않게 늘어나, 현재 대한민국에서는 약 30만에 달하는 단체가 '공식적'으로 활동하고 있다.

그리고 그런 수많은 단체 중에서도 대한민국에서 가장 유명한 단체는 아마도 '트릴로지'.

현 고려기사단장 '김약산'이 단체장, 일명 리더로 있는 단체다.

현존 유일 S등급 단체인(놀랍게도, 단체에도 등급제가 적용된다. 단체 등급이 올라갈수록 가입 가능 인원수가 증가한다) 이 트릴로지에는 총 273명의 인원이 가입되어 있는데, 그 면면이 아주 다양하고 화려하다.

최소 중상급 이상의 기사와 사냥꾼, 마법사는 물론 정재계의 거물, 유명 셀럽, 심지어 대장장이와 연금술사까지. 이 트릴로지는 단체 내의 커뮤니케이션만으로도 대한민국을 쥐락펴락할 수 있다는 말이 있을 정도다.

최근엔 이 트릴로지 같은 거물급 단체가 꽤 등장함에 따라, A~B등급 이상의 단체는 구분을 위해 '길드' 혹은 '클랜'이라 부르자는 말도 심심찮게 나오고 있다. 실제로 몇몇 언론에서는 이미 그런 표현을 시범삼아 사용하기도 했고.

"축하드립니다~ 10월 8일, 오늘이 '더 몬스터'의 탄생일이 되겠군요~!"

"아…… 예, 감사드립니다."

단체가 결성되었다는 연락을 받고 찾아온 몬스터 상점에서, 세진이 떨떠름하게 대답했다. 그의 품에는 '단체운영 차트'와 '리더 명함'이 한 아름 들려져 있었다.

"아주, 엄청 대단하십니다! 시작부터 D-등급이라니!"

"전설의 시작을 보는 것 같아요~!"

김세진은 공무원들의 아부가 부담스러웠다. 아니, 단체의 중요성을 모르는 그는 이들이 왜 갑자기 이런 난리 블루스를 떠는지 이해도 되지 않았다. 사실 당연했다. 평생 일에 치여 오직 혼자서만 바쁘게 살아온 그가, 왜 다수의 상징인 단체에 관심을 기울였겠는가.

"……D-등급부터 시작하는 게 대단한 건가요?"

"예? 아, 네 그럼요! 보통은 F부터, 아무리 잘 쳐줘도 E부터 시작해요!"

단체의 등급은 실적을 척도 삼아 성장한다. 그리고 이 '실적'에는 기사나 사냥꾼, 마법사의 몬스터 사냥 성과뿐만 아니라 '사회 기여도' 또한 포함된다.

여기서 사회 기여도라는 지수를 측정하는 주체는 '나라의 어딘가'로 불명확하지만, 여태 별말이 안 나온 걸로 미루어 보아선 꽤나 투명하게 측정을 한다고 말할 수 있겠다.

"등급이 높으면 좋나요?"

"……네?"

단체의 소속원들은 같은 단체원에게 동질감을 느끼긴 하지만, 타 단체에 배타의식을 내비치진 않는다.

왜냐하면 이것은 말 그대로 단체, 가볍게 말하면 동아리이기 때문.

원활한 구분을 위해 등급제도가 적용되기는 하나, 그로 인해 얻는 이익은 단체 내의 '인맥'을 제외하고는 없다.

그러니까, 그냥 인맥의 창구라고 보면 된다.

"조, 좋죠! 거기 다 두루두루 친해지면…… 아주 좋을 텐데. 부럽습니다!"

그리고 그런 면에서, 세진이 결성한 단체는 꽤 유의미한 단체였다. 무려 A급 마법사와 대재벌의 금지옥엽이 소속되어 있으니.

참고로 세진의 단체가 처음부터 D등급으로 시작하는 이유는, A급 마법사 하젤린의 실적 덕이 컸다.

"네, 저도 등급이 높으니까 좋네요. 막 더 올리고 싶어지고 그러네. 그럼, 이만 가보겠습니다."

그러나 단체에 대해 무지한 세진은 그저 뒷목을 긁적이며 태연하게 돌아설 뿐이었다.

구태의연한 남자의 뒷모습을 멍하니 바라보며, 공무원들은 저 사냥꾼의 뒷배가 도대체 무엇이기에…… 라는 지극히 타당한 궁금증을 품을 수밖에 없었다.

-근데 왜 하필 이름이 단체 이름이 '더 몬스터'예요?

핸드폰 너머, 세정이 의아하다는 듯 물었다.

"그냥. 순간 화나서. 아니, 뭘 하든 간에 '이미 존재하는 단체명입니다'라고 하잖아. 그래서 아예 없을 만한 걸로 만들었지. 근데 심지어 '몬스터'는 이미 있었어. 그래서 앞에 'The'를 붙인 거고."

-확실히…… 요즘 단체가 너무 많긴 하죠. 심지어 일반인들도 일반인 단체랍시고 만드는 추세니까요. 등산단체, 축구단체 등등…… 아, 심지어 제 학교에는 스터디 그룹이랍시고 단체 만드는 애들도 있었어요.

부글부글-통화 도중 물이 끓기 시작했다. 세진은 스피커폰 모드로 전환하고는, 탁자 위에 핸드폰을 내려놓았다.

-지금 식사 중이세요?

"아니, 아직. 만들고 있지."

–와, 혼자서요?

"어. 엄청 잘해, 나, 프로 수준이야."

샤샤샤샤–

부엌칼이 마치 섬전처럼 꽂히며 야채를 난도질했다. 순식간에 잘게 갈려진 야채의 면면은 자로 잰 듯 각이 정확하게 맞아 있었다.

C–등급에 다다른 고블린의 손재주는 과연 대단했다.

–풋. 그러면 사냥꾼의 식견(食見)에 한번 신청해 보세요.

'기사, 사냥꾼의 식견(食見)'은 사냥꾼이나 기사들이 대전 형식으로 요리 실력을 뽐내는 프로그램이다. 몇몇 기사들은 단단한 몸을 활용하여, 도구 없이 마나로 요리하는 미친 짓을 벌인다고 들었다.

"그럼 탈락 안 해서 안 돼. 영원히 출연해야 되거든."

–뭐예요 그게. 그럼 나중에 저한테도 요리 만들어주세요.

순간 세진이 행동을 멈췄다. 기분이 좋아지려는 찰나. 문득 나이 차이가 생각났다. 궁합도 안 본다는 4살 차, 그러나 미성년자인 점이 걸린다.

"……그건 그렇고, 너 주소 좀 알려줄 수 있어?"

–왜 갑자기 화제를…… 강원도에 있는 걸로 알려드려요, 아니면 서울 쪽으로 알려드려요? 근데 주소는 갑자기 왜요?

"더 자주 머무르는 쪽으로. 들어보니까 단체장들은 매달 혹은 매년 선물을 보내준다고 하더라고. 비싼 건 아니지만…… 그래도 도와줬으니까 입단 선물 보내줘야지."

그의 말에 세정은 웃으며 주소를 불러주었다.

—근데, 어떤 선물을 주실 건데요?

"어…… 나중에. 직접 받아보면 알 거야."

줄 건 많다. 포션, 무기, 혹시나 강해지길 원한다면 마력 문신까지.

아마 유세정은 무기를 보내주면 눈이 회까닥 돌지도 모른다.

하나…… 그러려면 시간이 더 필요하겠지. 아직, 자신의 정체를 가감 없이 보여주기에는 너무 이르니까.

'……그냥 오크 대장장이도 이 단체에 넣어버릴까.'

그러다 문득 이런 생각이 들었다.

확실히 그렇게 하면 대장장이로서의 운신이 편해질 수 있을 것 같기도 하고.

단체장은 단체명부를 가지고 있어 번거로운 본인 확인절차 없이 인원을 추가할 수 있다.

물론 동의서가 필요하지만, 자기 자신에게 동의를 구하는 건 무엇보다 쉽다.

이튿날 오후.

김세진은 오랜만에 '인간 김세진'으로 사냥을 하기 위해 나왔다.

무장은 모두 '오크의 대장간 K'님이 만든 것으로, 성능만큼은 확실하다. 게다가 두 개의 장비도 영체화가 되어 몸 안으로 스며들어 있다.

'뭐야?'

한데 그가 몬스터 휴게실에 들어선 순간부터 별안간 시선이 집중되었다. 분명 휴게실은 아주 넓다. 그러나 세진은 모두가 자신을 힐끗힐끗 쳐다보고 있음을 확실히 느낄 수 있었다.

"……?"

지금은 유세정도 곁에 없는데? 세진은 황급히 제 옷차림을 둘러보았다. 그러나 문제는 없다. 갑옷도 모두 의류형인지라 굳이 눈에 띌 이유는…….

얼마 지나지 않아, 그는 그 이유를 알게 되었다.

"하하, 안녕하십니까."

웬 잔뜩 느끼하게 생긴 남자가 다가와서 그의 앞을 막아섰다.

도저히 초면, 이라고 말할 수밖에 없는 남자가 어느 정도 거만한 자세로 반가움을 표출하며 다가오니, 세진은 당황할 수밖에 없었다.

그러나 남자는 그것이 별로 개의치 않다는 듯, 그에게 불쑥 손을 내밀었다.

"들었습니다, 김세진 씨. 단체를 결성하셨다고요."

"……아."

아무래도 단체를 만들었다는 소문이 급속도로 퍼져 버린 듯했다.

그때 공무원들이 반응이 좀 유별나게 부산스럽긴 했었는데, 이렇게 빨리 퍼질 줄은 상상도…….

"아, 제 소개를 아직 안 했군요. 저는 개벽 기사단의 중급 기사 '김인수'라고 합니다."

남자는 세진이 손을 멀뚱멀뚱 바라보고 있기만 하자, 일단 자기소개를 먼저 했다.

김인수. 세진은 그 이름을 되뇌며 미간을 좁혔다. 분명 어디선가 들어본 적…….

"아. 그 중급 기사인 '빛의 구원자'?"

어디선가 봤었다. 아마도 옥외 광고판에서, 피투성이가 된 채로 오글거리는 멘트를 내뱉던 남자. 개벽 기사단의 중급 기사 김인수.

"흐흠. 역시…… 네. 제가 바로 그 빛의 구원자입니다. 참고로 곧 중상급 기사로 승급할 예정입니다."

"아, 예. 반갑습니다. 근데 어인 일로?"

"세진 씨가 단체를 결성했다고 들었습니다. 유세정 씨와 둘이서요."

크흠- 헛기침을 내뱉으며, 김인수는 자신의 명함을 건넸다.

"이런 각박한 세상에 단체를 결성하신 건 정말 좋은 선택입니다. 근데 그 인원이 두 명밖에 안 되는 건 조금 빈약하지 않습니까?"

그러곤 말이 없었다. 그는 뭔가 세진이 이다음 말을 이어주길 바라는 눈치였다.

"……예. 그래도 그냥 중상급 사냥꾼이 되기 위해 만든 거라 인원은 상관없습니다. 그리고 두 명이 아니라 세 명입니다."

"아하, 그러십니까?"

이 이후로도 침묵이었다. 세진은 이게 지금 뭐하는 짓인가 싶어, 고개를 꾸벅 숙이고는 몬스터 필드로 진입하려 했다.

"어엇. 어디가십니까? 저, 제가 여기 있습니다."

그러나 김인수가 그의 어깨를 붙잡았다. 세진은 살짝 짜증난다는 눈빛으로 그를 쓱 훑어보다가, 이내 그가 왜 이러는지 깨달을 수 있었다.

"……단체에 들어오시고 싶으십니까?"

"예? 아…… 꼭 그런 건 아니지만, 뭐…… 부탁을 하신다면 그럴 수도 있지요. 왜냐면, 제가 또 유세정 씨와 친분이 있습니다. 이번에 아덴에서도 많은 대화도 나누고, 조언도 드려서……."

어쩌고저쩌고-

뭐 이리도 말이 많은지, 김인수는 정말 쉴 새 없이 떠들어 댔다.

그러나 한 가지는 확실히 알 수 있었다.

유세정을 말할 때 유난히 악센트를 주며 눈빛을 번뜩이는 것, 게다가 슬금슬금 볼에 홍조가 올라오고 있는 것을 미루어 보아, 이 남자는 유세정에게 명백한 호감을 가지고 있다.

"큼. 어떠십니까? 사실 세정 씨가 가입할 단체를 찾으시기에, 제가 소속된 '라이트 세이비어'로 초대하려고 했는데 김세진 씨가 먼저 선수를 치셨더라고요. 왜 세정 씨가 그랬는지 전 사실 그게 아주 의문이었지만…… 그래도 단체는 복수 가입이 가능하지 않습니까? 실적이 분산되기는 하지만, 만약 세진 씨가 저를 원하신다면……."

김인수는 '들어가고 싶습니다'라는 말은 하지 않았다. 끊임없이 떠들며, 세진이 숙이고 들어오길 기대할 뿐.

"아…… 저는 김인수 기사님 같은 분이 단체에 들어오면 좋죠. 근데…… 저희 단체는 한 가지 가입 조건이 있습니다."

"예? 조건요?"

"네."

김인수가 기가 막히다는 표정을 지었다. 가입 조건이 있는 단체는 꽤 있다. 그러나 그것은 단체장이 상급 기사나 A등급 마법사 이상일 때의 이야기지. 어찌 감히 사냥꾼이…….

"신입 단원은 저에게 절대 복종해야 합니다."

"……예?"

김세진이 김인수를 쫓아내기 위해, 별생각 없이 툭 내뱉었다. 그러자 김인수는 살짝 멍하니 눈동자만 데굴데굴 굴리다가, 이내 별안간 얼굴이 토마토처럼 붉어지기 시작했다.

이 낯짝조차도 음란하게 생긴 놈의 머리통에 어떤 생각이 아른거릴지는, 충분히 예측 가능한 범위였다.

"절대복종이라니 다, 다다당신 세정 양에게 도대체 무슨……."

"신입 단원만요. 세정 씨는 신입 단원이 아니에요. 창립 멤버지. 그리고 당신이 생각하는 그런 건 누구한테도 안 시킬 겁니다."

"……크음."

단풍에 물든 것처럼 붉어졌었던 얼굴은 제 색깔을 빠르게 되찾았으나, 그래도 김인수의 가소롭다는 눈빛은 여전했다.

그렇게 한참 동안이나 말없이 김세진을 노려보던 김인수는 '그런 가입조건은 누구도 납득할 수 없을 겁니다'라고 적의가 가득 배어 나오는 말을 내뱉고서 떠나갔다.

인간형태로 중하급 지대에서의 솔로 플레이.

솔직히 많은 걱정을 했으나, 그저 기우에 불과했다.

영체화를 통해 온몸이 무기와 같은 성질을 띠게 되었고, 오크 재규어의 단조 기술로 만든 무장은 꽤 잘 먹혔다. 지금의 세진을 형용하는 한 문장은, 어쩌면 수많은 성질이 뭉친 특이성 덩어리.

[E등급 반사]

[E등급 파쇄]

[E-등급 신속]

[E등급 열화]

[추가 능력치: 근력+ 30 내구+ 25 민첩+ 10]

이 모든 영체화의 추가 효과를 등에 업고, 온몸에는 강도 높은 강옥(鋼玉)무장으로 도배했으며, 손에는 마나 없이도 형형한 기운을 내뿜는 패악적인 강옥 메이스를 움켜쥐었다.

기분 좋은 템빨이었다.

대부분의 중하급 몬스터는 단단하게 제련된 강옥의 강도를 이겨내지 못했다.

게다가 이 메이스에 부가된 효과는 [F등급 흡수 성장].

몬스터를 하나 죽일 때마다, 미약하게나마 무기의 성능이 성장한다. 피를 머금을수록, 또 살점이 들러붙을수록 더욱 흉악해져 가는 메이스. 중하급 지대의 평범한 몬스터들은 고작 일격을 견뎌내기도 힘들어했다.

그렇게 약 한 시간 정도 사냥에 열중했을까.

–끄에에엑!

세진이 멧돼지와 비슷하게 생긴 몬스터, '위스라첸'을 사살한 순간.

하나의 알림이 떠올랐다.

[조건 완료: 직접 만든 무기를 이용하여 100개체 이상의 몬스터 처치]

▶액티브 스킬 '무기 초심자' 를 습득하셨습니다. [등급 F]

-무기의 정보를 열람할 수 있습니다.

-이제 '무기 숙련도' 가 해금됩니다. 무기 숙련도가 100%에 달하면 무기 숙련단계가 승급합니다. (초심자-중급자-숙련자-전문가-달인-명인)

-무기의 종류에 상관없이 숙련도가 통일됩니다.

-오크폼일 때는 두 등급 상향되어 적용됩니다.

"……오."

꽤 좋은 스킬을 얻었다. 세진은 뜻밖의 선물에 감사하며 사냥을 계속했다.

다음 날, 이른 오전.

김세진은 포션과 명함을 가지고 요선 알케미하우스로 향했다.

여기서 명함이란 '더 몬스터'라는 단체의 명함을 의미한다.

세진은 공무원들이 만들어준 명함을 쓰지 않고, 굳이 오크의 단조 기술까지 이용해 가며 꽤 있어 보이는 명함을 새로 만들었다. 얼마나 있어 보이냐면, 순은을 재료로 '코팅'이라는 성질까지 부여했다.

이렇듯 왜 갑자기 자신이 단체놀음을 하는 건지, 사실 김세진 자신도 그 이유를 명확하게는 몰랐다.

그저 어떠한 모임의 장(長)을 맡은 적이 이번이 처음이기에? 혹은 여태 혼자 살아왔던 것에 대한 보상심리 때문에?

이유가 어찌되었든 간에, 그는 이 단체를 최대한 열심히 꾸려 나가고 싶었다. 인터넷에서 '트릴로지'의 연대기를 본 이후로는 더더욱 그런 열성이 샘솟았다.

자신의 이 능력만 있으면, 어쩌면 트릴로지보다 더욱 대단한 단체를 만들 수 있을지 모른다는 자신감도 있었다.

이른 나이에 부모를 여의어 소속감이란 걸 가져 본 적이 없었던 어린 아이는, 그렇게 생각했다.

'……뭐야?'

김세진은 터덜터덜 알케미하우스로 걸어가다가, 별안간 사람들로 포화 상태가 되어 있는 앞문을 확인하고는 황급히 몸을 숨겼다.

"하암~"

"아, 아직도 한 시간이나 남았네."

"포션은 언제 또 나온답니까?"

"그걸 알면 지금 우리가 이렇게 기다리고 있겠소?"

거의 진을 치다시피 서 있는 저 사람들의 정체를, 세진은 잘 몰랐다. 그저 하젤린이 왜 '앞문 말고 뒷문으로 오세요.' 라고 말했는지 이해가 될 뿐.

몸을 수그린 그는 알케미하우스의 뒷문으로 향했다. 잠입하듯 도착한 뒷문에는 간단한 지문 인식기가 설치되어 있었는데, 세진이 엄지를 대자 손쉽게 문이 열렸다.

"안녕하세요~"

문이 열리자마자 바로 앞에서 기다리고 있던 하젤린의 여전한 미소가 세진을 반겼다.

"놀라셨죠?"

그러곤 바깥쪽을 손가락으로 가리키며 묻는다.

"예, 혹시 포션 때문인가요?"

"네, 요즘 고블린 시리즈 덕분에 저희 알케미하우스도 문전성시예요. 저 앞에서 기다리는 사람들은 다 기사단 아니면 사기업에서 파견한 직원들이고. 요즘은 선착순으로 판매하다 보니까 저렇게 기다리는 사람들이 많아졌어요."

하젤린이 세진을 책임자실로 안내하며 즐겁다는 듯 떠들

었다.

“근데 경매 같은 건 안 하나요? 그때 고블린의 선의는 경매로 팔았던 걸로 기억하는데.”

“아, 중하급이랑 중급은 그냥 다 상한가 수준으로 때려 박았어요. 저희 알케미하우스가 조금 좁은 편이라 매일매일 경매는 못해서. 근데 그래도 여전히 잘 팔려서, 잘만 하면 옆 건물까지 살 수 있을 것 같아요! 다 세진 씨 덕분이에요.”

하젤린이 씩씩하게 대답했고, 두 사람은 어느새 2층의 책임자실에 도착하게 되었다.

그녀는 문을 직접 열어 세진을 먼저 들여보냈다.

“커피 드릴까요?”

언제나 세진을 맞이할 때 하젤린이 꺼내는 첫마디.

“아뇨, 괜찮아요.”

매번 거절하는데도, 하젤린은 커피를 권하는 것을 포기하지 않았다. 그녀는 약간 아쉬운 눈초리로 오직 한 잔의 커피를 타고서, 총총총 다가와 세진의 앞자리에 앉았다.

“근데 오늘은 또 무슨 일이에요?”

하젤린은 세진이 들고 온 가방을 힐끗힐끗 바라보며 물었다. 생선을 주시하는 고양이의 조심스러운 눈빛이었다.

“일단 포션이요. 이번에는…… 좀 새로운 걸 한번 만들어 봤어요.”

“새로운 거요?”

"네."

그는 가방 속에서, 백색액체가 담긴 자그마한 유리병을 하나 꺼냈다. 이것은 세진이 기억 속에 각인된 '정화 마법'의 감각과 효능을 토대로 발명한 포션이다.

"이게 새로운 포션입니다."

과연 약재 고블린의 두뇌는 꽤 대단했다.

마법을 경험하고, 만약 그것이 포션으로 재현할 수 있는 종류라면, 어떻게 해야 포션으로 그 마법과 비슷한 효능을 만들어낼 수 있는지가 아주 자연스레 떠올랐다. 그리고 이 포션은 그 결과물이고.

어쩌면 하젤린 덕분이기도 했다. 그녀의 대단한 마법이 머릿속에 아주 강하게 각인된 덕에 이 포션을 만들 수 있었으니.

참고로 그 전에 왔던 청색등급 마법사는 지금 얼굴도 잘 기억이 나지 않는다.

"무슨 포션인데요?"

"'정화'요. 근데 아마 미흡할 거예요. 그냥…… 그때 김요셉? 그 마법사보다도 효능이 떨어질걸요. 아직 많이 부족해요."

그 말을 들은 순간 하젤린은 깜짝 놀랐다. 정화 효과가 있는 포션은 여태 없었다.

즉, 세진은 포션을 '발명'했다는 뜻. 포션의 발명은 베테랑 연금술사가 몇 년간의 피나는 노력 끝에 겨우겨우 일궈내는 하나의 진보적 성취나 다름이 없다.

“정화포션이요?”
“네.”
물론 사실 정화 효과가 있는 포션이 발명되지 않은 이유는, 마법사가 똑같은 마법을 구사하는데 굳이 그런 포션을 만들 필요가 없었기 때문이다.
이른바 시간의 낭비. 냉정하게 말하자면, 차라리 정화효험이 있는 레시피를 개발하는 시간에, 다른 레시피가 공개된 포션을 제조하는 것이 더욱 효율적이다.
“……좋네요.”
하지만 하젤린은 이것이 차마 시간의 낭비라고 일러줄 수는 없었다.
자신의 앞에 있는 연금술사는 몹시 천재적이기에, 몇 년의 세월 동안 이 포션에만 매달리는 시간 낭비를 하지 않았음은 분명하다. 그리고 이미 마법으로 있는 포션이라 한들 포션의 발명은 하나의 스펙이 되고, 또 팔리지 않는 것도 아니다.
요즈음은 고블린 시리즈의 고정 수요층도 생겨서–김세진은 이른바 ‘네임드’가 되었다– 이름에 고블린만 붙었다 하면 다 사고 보는 사람도 있으니까.
“이것도 잘 팔아볼게요.”
하젤린은 포션들을 아주 감사히, 언제처럼 황홀한 표정으로 품에 끌어안았다.
“아, 그리고 아직 하나 더 줄 게 있어요. 물어보고 싶은 것도 있고.”

“네? 뭔데요?”

일단 그렇게 운을 띄운 세진은 품속을 뒤적이더니, 하젤린에게 명함을 다섯 장 정도 건넸다.

순은으로 만들고 성질 부여로 코팅한, 아마도 최고급 명함.

“명함입니다.”

“……예?”

하젤린은 네모반듯한 순은 명함을 멍하니 받아 들고는 꽤 귀여운 얼굴로 요리조리 살펴보았다.

명함에는

[단체 「더 몬스터」소속 창립 단원 ‘세나린’]

이라는 검은 글씨가 음각으로 새겨져 있었다.

“와…… 예쁘네요. 이거, 남 주기 아깝겠는데요?”

그 말에 세진이 피식 웃었다.

인터넷으로 한번 알아보니까, D-급 단체면 어차피 다른 곳에 명함도 못 내민다. ‘공식적’으로 활동한다고 인가를 받는 단체의 최소 등급이 D-등급이었으니.

그래서 일부러 자신도 명함에 단체 등급을 안 써놓지 않았던가.

“이거 완전 소속감 느껴지는데요? 왠지 더 열심히 해야 할 거 같네."

하젤린이 세진을 바라보며 말했다. 그녀의 눈매가 여우처럼 휘었다. 언제 봐도 아름다운 미소였다.

"하하……."

"근데 물어보고 싶다는 건 뭐예요?"

"아 맞다."

그녀의 물음에, 세진은 주머니에서 단체 명부를 꺼냈다.

"제가 '고블린 연금술사'도 이 단체에 넣고 싶은데…… 어떻게, 가능할까요? 셰나린과 하젤린처럼."

"아~"

하젤린이 고개를 끄덕였다.

"물론 가능하죠. 그냥 명부에 쓴 다음에 인터넷으로 하든, 직접 가서 하든 일단 제출하세요. 그러면 '본인확인 기간'이라고 일주일 동안 유예를 주거든요? 그때 고블린 연금술사로서 서면과 증거물을 보내면 돼요. 요즘 단체에 익명 요구는 흔하니까, 알아서 잘 해줄 거예요."

"증거물은 포션이면 되나요?"

"제가 알아서 해드릴게요. 그냥 이 정화포션 내놓을 때, '고블린 연금술사-단체 더 몬스터'라고 써 붙이기만 하면 되니까. 그 이외에 다른 절차가 필요하면 제가 해결할게요."

아주 듬직하고 믿음직스러우며 아는 것도 많은 하젤린.

세진은 그녀를 반짝반짝 빛나는 눈으로 바라보았다. 그러자 그녀는 그 눈빛이 쑥스러운 듯 몸을 살짝 꼬아대며, 교태 혹은 애교를 부렸다.

"고마워요. 그럼 저는 이만 가볼게요."

"네."

김세진이 몸을 일으켰다. 그는 마지막으로 하젤린과 악수를 하고서, 책임자실을 떠나려 했다.

"어, 근데 세진 씨. 키가 더 크셨네요?"

한데 문득 들려온 하젤린의 목소리가 그의 다리를 붙잡았다.

"키요?"

"네. 키뿐만 아니라 체격이 전체적으로…… 그리고 얼굴도 살짝 변한 것 같네. 그 포션 효과가 아직도 지속되는 거예요?"

"……아닐 텐데?"

"아뇨? 맞아요. 제 눈썰미는…… 확실한데?"

두 사람은 동시에 고개를 갸웃하며 서로를 마주보았다.

그녀의 이상한 말에 살짝 당황한 세진은 일단 자신의 정보창을 띄워보았다.

[이름: 김세진] [나이: 만 22세] [키:181㎝ / 몸무게:86㎏]

▶능력치-인간형

[근력 83] [지구력 82] [민첩력 96][기력 34]

[마나 친화력 20] [마력 19] [운 8]

'……진짜네?'

키가 2㎝가량 더 늘어 있었다. 몸무게도 불었고.

그는 왜 갑자기 키가 컸는지 살짝 고민했으나, 이내 능력치가 상승하였기 때문이라 단정을 지었다.

"아직 효과가 미미하게 남아 있는 것 같아요. 뭐…… 더 크면 저야 좋죠."

그래서 그저, 대수롭지 않게 생각했다.

11장
동화

한 달 뒤면 대장장이 공모 대회 대망의 최종 심사가 시작된다.

–비록 시간은 촉박하지만 자는 시간까지 줄여가며 열심히 하고 있습니다.

사실 공모 대회 프로그램은 이미 방영중이다. 주마다 한 번씩. 2차 심사에 통과한 총 11명의 대장장이들의 작업 과정은 물론 일상까지도 비춰준다.

물론 세진은 촬영 요청을 거절할 수밖에 없어, 그를 뺀 열 명의 대장장이가 번갈아서 나온다.

–들려오는 소문으로는 태산 씨가 이미 만들어 놓은 최종 심사품을 폐기했다고 하시던데요?

지금 진행자가 인터뷰 중인 남자는 김태산. 대한민국의 명인 김태백의 아들로 사뭇 훈훈한 외모와 다부진 체격으로 요즈음 많은 인기를 끌고 있는 스타 대장장이다.

–예.

–그 이유가 뭔가요?

–하하…… 짐작하시는 그대로입니다. 그 물건으로는 '오크' 대장장이님을 이기지 못할 것 같았기 때문이죠. 그분의 대단한 무기에 비해서, 제 것은 완성이 덜 된 미완성품처럼 느껴졌습니다. 그래서 조금이라도 더 좋은 물건을 만들어 내기 위해, 그 전에 만들었던 무기를 폐기했습니다. 혹시라도 제가 저 자신과 타협할까 두려워, 아예 박살까지 냈지요.

–아…… 그건 조금 아쉽네요. 그 무기도 충분히 좋은 무기였을 텐데.

–하하. 아닙니다. 일단 따라오시죠. 제 작업 공간을 보여드리겠습니다.

서글서글한 미소를 지으며, 김태산은 진행자를 대장간 안으로 안내했다.

"……쩝."

프로그램은 아직 끝나지 않았지만, 세진은 TV를 끄고 생각에 잠겼다.

김태산, 화면에 비춰지는 그는 호쾌하고 열정적이다. 만약 저게 계산된 행동이 아니라면 그는 야망이 넘치는 호인(好人)

이다. 거기까진 좋다. 재능이 뛰어난 누군가가 자신을 라이벌로 삼는다는 건, 꽤나 기분 좋은 일이니까.

하지만 문제는 여론과 대중이다. 이쪽은 어쩔 수 없이 인터뷰나 촬영에 응하지 못해, 여태 'ORK'라는 대장장이는 단 한 번도 모습을 드러내지 않았다.

그는 사람들이 그것을 이해해 주고, 오히려 그 신비함을 좋아할 줄로만 알았다.

아니, 처음에는 그랬다. 김태산이 TV에 출현하기 전까지는.

남자가 봐도 잘생긴 김태산은 특유의 열성적이고 겸손한 모습으로 대중을 사로잡았다.

'오크 대장장이님이 가장 유력한 우승 후보이고, 저는 아직 부족합니다. 그러나 제 목표는 여전히 우승입니다. 그분을 뛰어넘기 위해, 저는 항상 노력할 것입니다.'

김태산의 그런 면모를 여실히 알려 주는 캐치프레이즈다. 여기까지는 참 좋다.

그러나 급속도로 불어난 김태산의 팬들이 문제였다. 그들은 김태산의 성품을 치켜세우는 한편 정체불명의 대장장이 '오크'를 연신 깎아내렸다. 건방지고 겸손하지 않다며.

언론도 마찬가지로 김태산의 편이었다. 김태산은 언론에 호의적이었지만, 오크 대장장이는 아예 배척하다시피 했기 때문에.

그리하여 최종 심사를 한 달 앞둔 지금. 김태산은 주인공,

오크는 그 이름처럼 주인공이 쓰러뜨려야 하는 몬스터 같은 느낌이 되어버렸다.

성장을 위해 열심히 노력하는 김태산과 코빼기도 모습을 드러내지 않는 오크.

언론과 대중은 저마다 오크의 실력적 우위를 언급했으나, 그것보다 더욱 김태산의 열정이 오크를 이겨주길 바랐다.

"……흠."

그래도 세진은 쉽게 져줄 생각이 없었다. 악성 기자와 김태산의 팬들에게 욕을 먹으면 먹을수록, 오기와 독기가 더욱 솟아올라 오히려 승리에 대한 갈망이 심해졌다.

'최소 상품 이상으로.'

그리고 최종 심사의 승리를 위해서는 최소 상품(上品)-중급 이상의 무기가 필요하다. 물론 '명품'이라면 압도적인 승리가 될 테니 이상적이겠으나, 아쉽지만 C-에 불과한 단조 기술의 숙련도로는 아직 명품까지는 무리다.

적어도 B+등급 정도는 되어야 명품을 바라볼 수 있지 않을까, 그는 생각했다.

'……잠깐.'

……아니다. 무리가 아니다.

사냥을 거듭할수록 무기 그 자체가 성장하여 어느 순간에는 '명품'이 될 수 있게 만들어주는 성질. 바보같이, 이미 그런 성질을 무기에 부여해 봤으면서도 까맣게 잊어버리고 있었다.

[흡수 성장]

무기가 몬스터의 피와 살점에 흐르는 마나를 흡수하여, 자체적으로 성장하는 성질.

물론 그 흡수 성장은 성질 부여의 난이도가 어렵기에 아무리 노력해도 D혹은 C-등급이 최대겠지만, 단지 그 정도만으로도 기사들이 눈에 불을 켜고 달려들 만한 무기가 된다.

그러나 수많은 기사가 부단히도 원할 이 무기는 그림의 떡으로만 남게 되겠지. 이미 무기의 주인은 정해져 있는 것이나 다름이 없으니.

'유세정이 썼던 검의 종류가 브로드 소드라고 했지.'

아마도 '로렌조의 브로드 소드'라는 이름이었던 걸로 기억한다. 대장장이의 이름이 붙을 정도로 좋은 물건. 그러나 세진은 그것보다 더욱 뛰어난 무기를 만들 자신이 있었다.

'……이참에 무기 하나 바꿔줘야겠네.'

어차피 '선점권'으로 인해 유세정의 손에 들어갈 터. 그러니 그냥 그녀의 손에 알맞게 만드는 게 낫다고, 세진은 생각했다.

제목 : [늑대 수호신]

작성자 : [슬로프]

고고한 야수의 뒷모습을 본적이 있는가.

보름달을 등에 이고, 능선에 올라선 채 황금빛 눈동자로 미물을 굽어보는 형형한 짐승.

그는 어쩌면 세상에서 가장 순결한 욕망의 화신이자, 그 어느 기적보다 환상적인 신령…….

나는 누구보다 듬직한 그 뒷모습을 수호신이라 부르고 싶다.

"사냥꾼들도 참 한심하네요. 몬스터를 숭배하다니. 차라리 종교나 믿지 이게 무슨……."

보름달이 뜬 몽환적인 밤.

한국일보 기사단 평가순위 6위에 빛나는 개벽 기사단은 지금 중급 지대에서 '적응 실습'이 한창이었다.

적응 실습이란 상급자의 지도 아래, 자신의 등급보다 한 단계 높은 지대를 약 2주 동안 경험해 보는 것을 의미한다. 그리하여 지금 파티는 3명의 중하급 기사와, 한 명의 중급-곧 중상급이 될 예정이라 자부하는-기사로 이루어져 있었다.

"근데 그게 이유가 다 있으니까 그런 거죠. 중급 지대에 출몰하는 웨어울프가 사람 구해준 게 한두 번이 아니잖아요? 그래서 웨어울프 무섭다고 사냥 안 오던 기사나 사냥꾼들도 오히려 웨어울프 덕분에 안심된다고 말 바꿨던데."

요즈음 중급 지대에 떠도는 소문이다. 중상급, 혹은 그 이상 등급의 웨어울프가 중급 지대를 배회하며 위험에 처한 인간을 구해준다는 소문.

항간은 그저 개소리라 치부했었으나, 목격자와 그 도움의 수혜자들이 속속들이 나타나면서 요즘은 언론까지 고개를 기웃거리는 실정이다. 물론 중급 지대는 그 위험성 때문에 언론 통제지역이라 직접 들어오지는 못하지만, 목격자의 인터뷰를 따는 것으로 보아 확실하다.

"아~ 그 '늑대 수호신'이요? 그걸 믿는 거예요? 기사가? 그것도 개벽 기사단 기사가?"

"……아니, 그게……."

남자 기사는 뒷목을 긁적이며 여자 기사의 눈을 피했다. 자신이 개벽 기사단 소속의 기사라는 자부심이 넘쳐나는 여기사는 그런 그를 못마땅하다는 듯이 흘겨보았다.

"그리고 만약 그게 진실이라 하더라도, 그래도 몬스터잖아요. 저희 임무는 몬스터를 처치하는 거고."

"몬스터가 아니라 영물이라는 썰도 있던데요. 그때 하급 지대에서 자주 출몰하던 흑색 늑대가 요즘 없어졌잖아요. 그래서 걔가 진화해서……."

"아니, 저기요? 그걸 지금 말이라고……."

"그만."

묵직한 목소리가 두 사람 사이를 가르자, 그들은 동시에 고개를 숙였다. 그렇게, 때 아닌 설전은 책임자에 의해 종식되었다.

"소여진 기사의 말이 옳다. 우리의 임무는 몬스터를 쳐 죽이는 것. 그것이 늑대수호신이던 주작이던 현무던 청룡이던, 상관은 없어."

곧 있으면 중상급으로 승급할 중급 기사, 일명 '빛의 구원자' 김인수가 짐짓 무게감을 잡으며 그들을 타일렀다.

"자네들은 내가 이 중급 지대에서 어떤 전투를 하는지, 그것만 지켜보기만 하면 된다. 자신보다 더욱 뛰어난 기사의 전투는 단지 보는 것만으로도 하나의 배움이 될 테니."

그가 그렇게 말하며 한 발자국을 내디딘 순간.

–그어어어!

짐승의 거센 포효에 산세가 부르르 떨었다. 심상치 않은 부르짖음이었다.

"따라와라!"

그 즉시, 김인수는 괴성의 진원지를 향해 질주했다.

김세진은 중급 지대로 사냥을 나왔다. 단조의 효율을 더욱 좋게 만드는 '몬스터 부산물'을 구하기 위함이었다.

목표는 '트레이노스'라는 뿔이 세 개 달린 몬스터.

전체적인 외관은 코뿔소를 닮았으나, 뿔뿐만 아니라 눈도 세 개나 달려 있어서 외면이 흉측하다. 게다가 성정까지도 아주 포악하여 중급 지대에서도 꽤 까다로운 축에 든다고 한다.

무기의 정보창을 열람할 수 있게 된 세진은.

['트레이노스의 뿔' 을 촉진제로 소모하면 완성품의 성질과 품질이 더욱 높아질 수 있습니다]

라는 문장을 통해, 이놈의 뿔이 단조의 효율을 좋게 만든다는 사실을 발견할 수 있었다.

그리고 지금, 김세진은 어렵지 않게 트레이노스를 발견할 수 있었다.

-그르르…….

그러나 세진과 마주한 코뿔소는 연신 으르렁대기만 할 뿐, 감히 달려들지는 못했다. 아마 본능적으로 제 앞에 있는 이 늑대가 먹이사슬의 정점에 위치한 존재란 걸 느꼈기 때문이리라.

"……크릉."

세진이 답례로 아주 살짝 그르렁거리자, 코뿔소가 서서히 뒷걸음치기 시작했다.

그는 놈이 도망을 치려 하는 것이라 생각했다. 그래서 그저 여유롭게 감상했다. 어차피 흑색 늑대의 각력은 저 따위 놈이 도망친다 한들…….

그어어어어!

한데. 별안간 놈이 흉포한 괴성을 내지르며 전력으로 질주해 왔다. 아무래도 뒷걸음질은 추진력과 가속도를 얻기 위함이었던 듯했다.

세진은 살짝 당황했으나 굳이 저놈을 피할 필요는 없었다. 등급이 상승하여 C-가 된 늑대발톱의 강도는 '프로늄'이라는, 미스릴의 바로 아래에 위치한 광석과도 맞먹는다.

그저 단 한 번 손을 휘두르기만 하면, 저 괘씸한 코뿔소는 잘게 다져진 고깃덩어리가 되리라.

그는 손톱을 길게 뺐다. 그 어떤 흉기보다도 날카롭게 벼려진 손톱이 차갑게 번뜩였다.

쾅쾅쾅쾅쾅—

그러곤 여전히 돌격중인 코뿔소를 향해 크게 휘두른다. 손톱에 맞닿는 공기가 찢겨져 허공이 일렁일 정도로 강맹한 일격이었다.

차아악—

코뿔소는 그 손톱에 의해 복부가 갈려졌고, 결국 늑대의 발치에도 채 닿지 못하고 힘없이 무너져 내렸다.

그가 풀썩 무너진 코뿔소의 뿔을 회수하려는 그때.

등 뒤에서 예리한 마나의 기운이 느껴졌다.

"……!"

세진이 퍼뜩 돌아서자, 어느 정도는 낯익은 남자가 서 있었다.

김인수.

그때 보았던, 태도가 그다지 좋지는 않았던 남자. 그는 검을 뽑아 든 채 이쪽을 노려보고 있었다. 당장에라도 이쪽으로 달려들 기세였다.

"……그르릉."

그렇게, 김세진은 김인수와 마주보게 되었다.

"……웨어울프."

김인수가 무겁게 중얼거렸다.

엄밀히 구분하자면 김세진은 웨어울프가 아니다. 단지 흑색 늑대가 야수화를 한 상태. 그러나 그런 미묘한 차이를 분간 짓기에, 웨어울프라는 몬스터는 너무 희귀하여 알려진 정보가 별로 없었다.

"대, 대장님! 그냥 도망갑시다. 저 웨어울프가 제가 방금 말했던…….”

“뭘 도망가요! 몬스터잖아요!”

“아니, 저건 영물…….”

재개될 뻔했던 두 사람 간의 설전은 김인수가 재빨리 검을 뽑음으로써 조기 진압되었다.

“저, 저…… 싸울 생각이십니까? 그냥 도망가도 저 웨어울프는 해코지를 안 할 것 같은데.”

“웨어울프는 특히 위험한 몬스터다. 어쩌면 중급 지대에 어울리지 않는다고 말할 수 있겠지. 그리고 중상급 기사의 역할 중 하나는 저런 급간에 어울리지 않는 위험한 몬스터를 토벌하는 것.”

김인수가 검을 웨어울프에게 겨냥했다. 검날의 끝에 위치한 것은, 놈의 머리.

그를 바라보던 남자 부하 기사는 애써 말을 삼켰다. 아직 중상급 기사가 아니지 않습니까…….

“자네들은 별 도움이 안 되니 도망가도 좋다.”

“아뇨! 저도 싸우겠습니다.”

여기사가 씩씩하게 대꾸하며 등에 멘 활을 꺼내 들자, 김인수는 만족한 표정으로 고개를 끄덕였다.

기사 중에서 궁사(弓師)는 드물다. 화살이 주인의 손을 벗어나 적에게 피해를 입힐 때까지 마나를 유지시켜야 하지만, 그것은 보통 재능이 아니면 여간 어려운 일이 아니기 때문이다. 마법사에 준할 정도로 마나 친화력이 뛰어나야만 한다.

"소여진 기사, 엄호를 부탁한다."

"예!"

힘차게 대답한 두 남녀를 두고, 어쩔 수 없이 다른 두 명의 남자 기사도 검을 뽑아 들었다.

'저게 미쳤나.'

그리고 김세진은 불만스러운 듯 미간을 좁혔다. 아주 간단한 표정 변화일 뿐임에도, 늑대의 얼굴은 무척 험악해졌다. 그에 부하 기사들이 살짝 뒷걸음질을 쳤다.

"걱정하지 않아도 좋다."

김인수가 부하들을 진정시키며 검에 마나를 모았다. 보통 마나의 푸른빛과는 다른, 순백의 빛이 그의 검 주변으로 모여들었다.

"우와……."

소여진이라 불린 여기사는 넋을 놓고 그 순백의 마나를 감상했다.

저것이 바로 '빛의 구원자', 몬스터를 상대로 할 때 그 위력이 더욱 배가된다는 신성의 특성.

"……크르릉."

과연, 저 특성은 김세진이 느끼기에도 다소 위협적이었다.

단지 위협뿐만이 아니었다. 흑색 늑대는 저 순백색 마나에 생명의 위험을 느끼고, 두려워하고 있었다. 손의 떨림이 그것을 방증한다.

그러나 도망가기에는 김세진의 자존심이 걸렸다.

몬스터의 본능과 인간의 이성이 뒤섞이고, 그것은 아예 새로운 감정으로 치환되어 나타났다.

그렇게 별안간 가슴속에서부터 뜨거운 투쟁심이 솟아올랐다.

"크어어어어!"

이상했다. 분명 짐승처럼 포효할 생각은 없었는데, 절로 아가리가 벌려지고 거대한 괴성이 토해졌다.

별안간 의식이 흐릿해지고, 몸이 저절로 움직이기 시작했다.

[역전의 전사가 발동되었습니다…….]

"……!"

선풍을 휘몰아치며, 김세진은 기사들에게 질주했다. 그 찰나의 쇄도에 반응할 시간은 전무. 김인수는 재빨리 몸에 마나 강기를 둘렀으나, 늑대의 목표는 그가 아니었다.

—꺄아아악

고음의 비명이 등 뒤에서 울려 퍼졌다.

영리한 늑대는 그의 뒤에서 엄호를 하려하던 여기사를 먼저 전투 불능으로 만들었다. 활은 두 동강이 나고, 깊게 베인 가녀린 팔목에는 선혈이 흘러내린다.

"……이런 미친!"

김인수와 두 명의 부하 기사들이 재빨리 늑대를 향해 돌격했다.

"으랴압!"

기합과 함께 부하 기사들이 먼저 김세진에게 검을 휘둘렀다. 그러나 지금 세진의 몸에 스며든 성질은 'E등급 파쇄'. 그는 손톱을 휘둘러 그들의 검을 그었다.

채앵—

하늘로 비산하는 것은. 두 동강이 난 날붙이.

마나가 스며들었던 검이 너무나도 쉽게 박살 나자, 부하 기사들은 극도로 당황하며 뒤로 물러섰다.

그러나 세진은 그들에게 관심을 끊고서, 터질 듯 격렬한 마나가 느껴지는 뒤로 돌아섰다. 온몸이 새하얗게 빛나는 기사가 이쪽을 향해 검을 내리쳤다.

콰아아아아앙—

그러나 그의 검은 땅을 헤집을 뿐, 어느새 하늘로 도약한 늑대는 그의 사거리에서 멀찍이 물러나 있었다.

"……대장님! 어떻게 할까요!"

부하 기사 한 명이 외쳤다. 김인수는 그들을 힐끗 뒤돌아보고는 명령했다.

"소여진 기사를 데리고 도망가라. 포션이 아직 남아 있으니, 어렵지 않게 회복할 수 있을 것이다."

"……."

"어차피 무기도 없으면 방해만 될 뿐이다. 어서!"

부하 기사들이 머뭇거리기만 하자, 김인수는 크게 소리쳤다. 그제야 부하 기사들은 부랴부랴 뒤로 도망치고, 그는 늑대에게 검을 겨냥했다.

"영악한 놈."

마나가 스민 검에 대항하는 세진의 무기는 오로지 손톱이었다.

"이 간교한 놈."

김인수의 온몸을 아른거리던 빛의 세기가 한층 더 강해졌다. 차마 눈을 뜨고 보기 힘들 수준이었기에, 세진은 눈을 가늘게 좁혔다.

그리고 그 순간. 김인수의 몸에서 수많은 마나의 칼날이 뱀처럼 뿜어져 나와, 세진에게로 쇄도했다.

"……!"

태양마저 지워 버릴 듯한 수많은 빛줄기들이 창공을 가득 메우며, 단 하나의 목표를 향해 쏟아져 내린다.

회피는 불가능했다.

그러나 늑대의 손톱은 유형은 물론 무형까지도 베어낼 수 있다. 그것은 즉, 마나까지도 베어낼 수 있다-

세진은 빛줄기를 향해 손톱을 휘두르고, 또 휘둘렀다. 어쩌면 베어 넘긴다는 표현이 옳았다. 빛줄기는 손톱에 닿는 그 즉시, 아침안개처럼 힘없이 흩어져갈 뿐이었으니.

그 기이한 상황에 이번에는 김인수가 당황할 차례였다. 그는 멍하니 늑대를 지켜보다가, 이내 먹히지 않는 기술의 사용을 중지하고 놈에게 직접 쇄도했다.

—챙

늑대의 발톱과 검이 거칠게 맞닿는다. 날카로운 소리가 초목을 울리고, 뜨거운 불씨가 격렬히 튀어 오른다.

"으랴아압—!"

기합과 함께 내지르는 검. 그러나 늑대는 몸을 살짝 구름으로써 쉽게 피해냈다.

그 직후, 늑대의 손톱이 아래에서부터 뻗어 올라왔다.

"큽!"

김인수는 가까스로 막아냈다. 그러나 그는 곧 눈을 부릅뜰 수밖에 없었다. 늑대의 손톱과 맞닿은 검의 단면에 균열이 새겨지고 있었다.

"……!"

그는 재빨리 늑대의 복부를 발로 차고서 뒤로 물러났다.

그로서는 이해가 불가능한 일이었다. 도대체 어떻게 몬스터 따위가 마나가 담긴 검에 흉터를 낼 수 있는가…….

그러나 깊은 생각도 지금은 사치였다. 늑대가 다시금 돌격해 왔다. 김인수는 재빨리 몸을 굴렀다.

—샤아악.

허공을 가르는 손톱의 풍압이 나무를 두 동강낸다.

김인수는 바닥을 강하게 딛고, 놈의 목을 향해 검을 치밀었다.

그 이후로는 치열한 난전의 시작이었다. 두 발자국의 간극에서 벌여지는 초근접전. 휘두르는 검을 손톱으로 막아내고, 목으로 향하는 손톱을 기민한 움직임으로써 회피한다.

그런 치열한 전투가 지속될수록 그들의 격전장은 점점 황폐화되어 갔다. 단지 허공에 쏘아낸 검격이 초목을 부서뜨리고 노면에는 흉악한 흉터들이 깊게 새겨졌다.

그러나 격전의 대단원은 머지않았다.

인간의 체력과 짐승의 체력. 그것은 굳이 말하지 않아도 후자의 쪽이 더욱 우위일 터.

김인수의 움직임은 전에 비해서 더없이 느려졌으나, 늑대는 여전히 쾌속을 유지하고 있을 따름이다.

김인수는 이를 꽉 깨물었다. 그는 선택을 강요받았다. 좀 더 버티다가 죽든가, 아니면 마지막 도박수를 내든가.

고민은 깊지 않았다.

그는 온몸의 끝에 모인 마나까지 박박 긁어모아, 검에 집결시켰다.

그러나.

툭—

"……."

그 전에, 검이 견디질 못하고 먼저 쓰러졌다.

김인수는 바닥에 떨어진 검날을 멍하니 바라보았다. 그러곤 다시 고개를 들어올린다.

늑대야수가 자신을 빤히 바라보고 있었다.

그러나 전과는 달랐다. 붉게 충혈되었던 두 눈은 어느새 형형한 노란빛을 되찾았고, 눈빛은 차분하고 침착하다. 마치 인간처럼.

'……이게 뭔 일이냐.'

김세진은 김인수와 알림창을 번갈아 바라보며 당황을 금치 못했다.

그는 떠오르는 알림창 덕에, 본능에 잠식되어가던 정신줄을 애써 부여잡을 수 있었다.

[조건 완료 (1/3): 전력을 다한 승부]

-모든 능력치가 10만큼 상승합니다.

-앞으로 두개의 조건을 완료하면, 흑색 늑대폼이 진화합니다.

-늑대와 관련된 모든 스킬의 등급이 상승합니다.

그러나 문제는…… 김인수.

이놈의 무기는 참 좋지 않았다. 중상급 기사나 되어서 겨우겨우 중품을 넘어선 무기를 쓰다니. 그러니 이렇게 쉽게 박살 나지.

'거지인가?'

"……죽여라."

세진이 고개를 갸웃하자, 김인수가 가느다란 탄식과도 맡은 말을 내뱉었다.

'……뭐라는 거야?'

그러나 세진은 그를 죽일 생각이 없었다. 그는 일부러 김인수의 눈을 마주한 채 헹-코웃음을 치고는, 훌훌 떠나갔다.

홀로 남겨진 김인수는 멍한 눈으로 그 야수의 뒷모습을 좇을 뿐이었다.

서울 최고의 부촌에 위치한 새벽 기사단은 그 세련된 외관과 효율적인 건물 배치, 최첨단 훈련 시설로 유명하다. 또한 새벽 기사단의 전직, 현직 단원들만 사용할 수 있는 인적네트워크 어플리케이션인 '오늘새벽'은 뭇 기사들의 선망과 부러움을 한 몸에 받고 있다.

"……네가 한번 해봐."

"네가 해. 왜 나한테 그래."

"네가 동기였잖아!"

그리고 지금 이곳, 중앙에 설치된 '마나의 샘'으로 인하여 마나 농도가 웬만한 산보다도 뛰어나다는 새벽 기사단의 훈련장. 두 명의 신입기사들이 가벼운 실랑이를 벌이고 있다.

"아니, 동기고 자시고 나 한 번도 말 못 걸어 봤다니까."

두 남정네들의 대화 주제는 저 멀리서 운동을 하고 있는 아리따운 여인, 유세정.

언제나 훈련장에 올 때면 주목받는 그녀이지만 이번에는 조금 더 특별한 관심이 그녀에게 드리워져 있었다.

"그리고 우리 어차피 물어봐도 가입 못 해. 알잖아."

"아니, 중급 사냥꾼도 거기 있던데 우리는 왜 안 돼!"

그 관심의 이유는 바로 그녀가 설립한 단체, '더 몬스터'. 이름은 아주 험악하고 등급도 D−에 불과하지만, 현재 '오늘 새벽'에서 가장 자주 언급되는 단체다.

그것은 비단 새벽 기사단의 마스코트이자 최고의 재능 '유세정'과 이름 모를 마법사가 가입했기 때문만은 아니다.

고블린 연금술사. 현재 가장 핫한 연금술사 또한 그 단체에 떡하니 가입했다는 기사가 올라왔다.

"그건……."

"한 번. 한 번만 가봐. 나는 아예 면식이 없잖아. 그리고 내 면상 좀 봐. 어? 잘되겠냐?"

"……후."

"진짜, 야. 이거 잘만 해서 가입되면 우리 인생 쫙 피는 거다. 너 요즘 소문 도는 거 알지? 어? 오크랑 고블린 둘 다 몬스터인 거 알지?"

"야이 씨. 그건 개소문이잖아."

그리고 요즈음은 요상한 괴소문도 돌고 있다. 바로 오크 대장장이도 곧 이 단체에 가입할 것이라는 소문.

단체명이 '더 몬스터'이고, 오크 대장장이와 고블린 연금술사 둘은 서로 비슷한 컨셉이기에, 오늘새벽은 물론 여러 다른 기사들도 혹시 하는 마음을 버리지 않고 있다.

"어쨌든 한번만 가봐."

두 남자 기사의 바람은 이러했다. 다른 단원을 가입시킬 마음은 있지만, 감히 찾아오는 사람이 없어 여태 4명의 적은 인원으로만 있다고.

그래서 용기를 발휘해서 찾아가면, 흔쾌히 가입을 시켜줄 것이라고. 이른바 '용기 있는 자가 미녀를 얻는다!'

"……하아, 알았어. 기다리고 있어봐."

시원하니 잘생긴 남기사가 한숨을 푹 내쉬고는, 유세정에게 다가갔다. 긴장으로 가득한 발걸음이 마치 로봇처럼 느껴졌다.

그의 동료는 조마조마한 마음을 움켜쥐고서 그가 좋은 소식을 들고 돌아오길 기다렸다.

"후우."

한 번의 심호흡.

유세정 앞에 당도한 그는 아주 떨리는 목소리로 말했다.

"저…… 단체를 이…… 이루셨다고 드, 들었습니다."

그리고 유세정은 이런 상황을 수십 번도 더 겪었던 듯, 아주 능숙하게 대답했다

"단체장은 제가 아니라 '김세진'입니다. 가입 문의는 그분을 찾아가세요."

"……예."

남자는 그것을 완곡한 거절이라 받아들였다.

그는 터덜터덜 걸어와, 멀리서 지켜보는 남자에게 두 팔로 X 자를 지어 보였다. 그와 동시에 두 명 분의 한숨이 흘러나왔다.

'……왜 이렇게 가입 문의가 많지.'

유세정은 그런 그들을 힐끗 바라보고는 고개를 갸웃했다. 왜 고작 세 명밖에 없는 단체를 이토록 가입하고 싶어 하는지. 요즈음 시험 기간인지라 핸드폰을 봉인하고 있었던 그녀로서는 이해가 잘 되지 않았다.

물론 유세정, 자신이라는 인맥은 아주 커다랗다는 건 알고 있다. 그러나 이건 말 그대로 그저 친목을 도모하기 위한 단체가 아닌가. 김세진 또한 그냥 중상급 사냥꾼으로 승급하기 위해 단체를 결성했다고 말했고.

호기심이 들었지만 지금은 훈련 스케줄. 끝나고 시험공부

까지 하려면 시간이 빠듯하다.

유세정은 일단 단체에 관한 생각은 지워 버리고 운동에 열중했다.

그리고 정확히 한 시간 뒤, 유세정은 자신을 데리러 온 집사에게 그 이유를 들을 수 있었다.

"……어?"

"모르고 있었어?"

"나 요즘 시험기간이잖아. 공부랑 훈련하느라 바빠 가지고…… 근데 진짜로? 진짜에 진짜로?"

"너는 하여간. 이틀 전에 '고블린의 정화'라고, 고블린 시리즈 새로운 거 나왔잖아. 거기에 떡하니 적혀 있던데. '더 몬스터' 소속 연금술사라고."

"……."

세정은 꽤 놀란 표정으로 등받이에 몸을 기댔다.

김세진은 직사각형 모양의 상자 안에 유세정에게 줄 입단 감사 선물을 정성스레 포장했다. 안에 든 내용물은 고블린 연금술사가 만든 포션과 명함, 그리고 감사의 내용이 몇 줄 적힌 편지.

우우웅-

그렇게 괜히 고급스럽게 변해가는 상자를 바라보고 있는 와중에, 핸드폰의 알람이 울렸다. 때마침 유세정이었다.

그는 입가에 미소를 머금은 채 핸드폰을 집어 들었다.

"여보세요?"

—저예요, 오빠. 근데 그거 사실이에요?"

참고로 어느 순간부터 호칭이 살짝 바뀌게 되었다. 세진은 아주 만족스러웠다. 이러한 호칭 변화는 친밀함이 돈독해졌다는 방증이기에.

"어떤 거? 혹시 연금술사?"

고블린 연금술사가 단체에 입단했다고 알려진 날은 이틀 전, '고블린의 정화'가 발매되면서였다. 그러나 유세정은 새벽의 핏줄. 그런 중요한 사실을 지금에서야 알았을 리…….

—네, 그거 진짜예요? 말이…… 아니, 어떻게, 아, 그…… 고블린 연금술사님이랑 무슨 사이였어요?"

있었다. 그녀의 목소리는 놀람으로 떨리고 있었다.

"그건…… 개인사정이라 말은 못 해주지. 너도 알잖아? 연금술사들은 그…… 민감한 거."

진실을 말해줄까 살짝 고민했다. 그러나 여기서 '그 연금술사가 사실 나야'라고 말하는 것은 아무리 생각해도 상황에 맞지 않았기에, 그저 대충 둘러댈 수밖에 없었다.

—……네, 그러면 뭐 어쩔 수 없지요.

"아, 그리고 지금 입단 선물 싸고 있는데, 내일쯤이면 도착할 거야."

—정말요? 고마워요.

"응."

—아, 근데…….

세진은 대충 전화를 끊고서 다시금 상자 포장에 열중했다. 핸드폰에서 무슨 소리가 살짝 새어 나온 것 같았는데, 무시하기로 했다.

상자 포장은 의외로 재미있었다.

대장장이 공모 대회의 최종 심사는 새벽 기사단의 부지 내에 위치한 강연장에서 열리는 것으로 결정이 됐다.

그리고 지금. 약 500여 명의 청중심사 위원단과 5명의 전문 심사 위원이 새벽 기사단으로 초청된 최종 심사 당일.

대기실에는 전문심사 위원들이 모여 앉아 출품된 무기에 관한 이야기를 나누고 있었다.

"이번에도 오크는 모습을 안 드러냈다지? 쯧쯧…… 몇 번 치켜세워 주니 벌써부터 거만해 가지곤……."

그 까다로움으로 유명한 한국의 명인 유조형이 약간 불만이 섞인 목소리로 말했다.

"아직 모르지 않소이까. 단지 쑥스러워서 그 모습을 드러내지 않는 것일 수도 있지요. 너무 색안경을 끼고 보지는 맙시다."

또 다른 심사 위원, 대장장이 협회장 '김태형'이 인자한 목소리로 그런 그를 타일렀다.

"맞아요. 무기에 열중하느라 그랬을 수도 있잖아요. 저는 그분이 무슨 무기를 만들었을지 벌써부터 기대되는걸요?"

이번에는 김유린이었다. 그녀의 눈부신 미소는, 아무리 까칠한 노인이라도 얼굴을 붉히게 만드는 매력이 있었다.

"크흠. 그렇다면야. 하나 이번에는 아무리 생각해도 김태산이가 이길 것 같소만. 아주 칼을 갈고 나왔더군. 지 애비한테 도움을 받았나 싶을 정도의 물건이 나왔어."

"정말요? 오크 씨는요?"

"오크? 자세히는 아니어도 힐끗 한번 보긴 했지. 근데 그게 품질은 좋다만…… 조금 평범해 보인다네. 그때 열화 머시기에서 봤던 특별함은 없어. 아무래도 이번에는 김태산이가 이길 것 같아."

유조형은 기다란 수염을 쓰다듬으며 연신 김태산의 승리를 점쳤다.

"김태산 대장장이의 무기에는 뭔가 특별한 점이 있나요?"

"고럼. 나도 아주 깜~짝 놀랐다니까. 직접 보면 놀랄 테야. 아 맞다, 그리고 김태산이가 자네를 조금 많이 보고 싶어 하는 것 같은데. 어찌, 오늘 끝나면 식사라도 같이하겠는가?"

별안간 유조형이 갑작스런 제안을 해왔다. 이 명인에게 단호한 거절을 내놓을 수 없었던 김유린은 뒷목을 긁적이며 멋쩍은 미소만을 지을 뿐이었다.

"자네도 봤잖아. 아주 괜찮은 남자라니까? 애가 시원시원하고……."

"리허설 시작하겠습니다~"

때마침 들어온 PD가 그들의 사이를 갈랐고, 유린은 그 즉시 자리에서 벌떡 일어났다. 다행이라는 표정이었다.

"앗! 벌써 시간이! 어서 가시죠!"

"크음."

성큼성큼 앞장서서 걸어가는 김유린을 두고, 유조형은 아쉽다는 듯 헛기침을 내뱉었다.

"……음?"

김유린이 대기실의 문을 열고 밖으로 나오자, 의외의 인물이 그녀를 기다리고 있었다.

연신 손거울로 자신의 얼굴을 살피는 귀여운 소녀. 요즘 기사들 사이에서도 꽤나 유명한 '유세정'이었다.

뭐가 그리도 불만스러운지. 미간을 찌푸린 채 제 얼굴을 살피던 세정은 문득 자신을 바라보는 시선을 느낀 듯, 고개를 홱-하고 돌렸다.

"……앗."

그러곤 낮은 감탄. 그녀는 재빨리 손거울을 집어넣고서, 천천히 김유린의 앞으로 다가섰다. 안면 근육이 경련하고 두

다리가 안쓰러울 정도로 바들바들 떨리는 것이, 여간 긴장한 모습이 아니었다.

"안…… 앙녕, 아니 안녕…… 안녕하세욧!"

성대가 긴장에 죄어진 탓에 목소리가 잘 나오지 않아, 세정은 저도 모르게 큰 소리를 내지르고야 말았다. 그렇게 순간 주위의 이목이 집중되고, 제 실책을 깨달은 그녀의 안색이 흙빛이 되어갔다.

"아니, 아니 그게……."

"네, 안녕하세요. 얘기는 많이 들었어요."

하지만 김유린은 인자한 미소를 지으며 세정에게 먼저 손을 내밀었다.

"……아."

같은 여자가 보기에도 그 모습은 너무나 아름다웠다. 그래서 세정은 저도 모르게 넋을 놓고 바라봤지만, 곧 정신을 차리고서 황급히 그 손을 부여잡았다.

"바, 바, 바, 반갑습니다! 저, 저…… 저 저는…… 그 유세정이라고 합니다!"

여태껏 나이답지 않게 차분하고 도도했던 모습과는 달랐다. 세정은 그 누구보다 긴장한 채 유린을 대했다. 온몸에는 식은땀이 흐르고, 심장은 크게 박동한다.

마치 꿈같은 상황.

소녀가 동경했던 여인은 지금 이 자리, 바로 앞에 있었다.

“얘기 많이 들었어요. 아주 대단해요, 그 어린 나이에 벌써 중하급 기사라니.”

“아, 예예예! 아, 저는 김유린 기사님의 유세정, 아니. 팬이라고 합니다. 초등학교, 무지무지 어렸을 적부터 기사님의 팬이었…….”

유세정은 그 이후의 상황을 기억하지 못했다.

단지 약 5분 뒤에, 누군가의 부축을 받으며 청중 심사 위원단의 자리로 걸어가는 자신을 발견했을 뿐.

길고 길었던 공모 대회, 그 끝을 알리는 최종 심사가 드디어 시작되었다.

그러나 어쩌면 등수는 1등과 2등의 분간이 아니면 상관이 없었다. 실제로 모든 전문가들과 참가한 대장장이들도 그렇게 생각했다. 11명 중 무려 7명의 대장장이가 실력에 한계를 느끼고 지레 기권을 선택하였을 정도니.

“……네, 이 자리에 있는 네 개의 물품 중 단 하나만이 영광의 권좌에 오를 수 있습니다.”

생방송이 시작하자 진행자가 첫 대사를 읊었다.

청중들은 박수를 치고, 총 다섯 명의 심사 위원들은 엄숙한 태도로 베일에 둘러싸인 물건을 유심히 관찰했다.

"물건을 심사할 심사 위원분들입니다. 가장 왼쪽부터 칠흑 기사단의 고위 기사 김유린……."

진행자가 5명의 전문 심사 위원을 간단히 설명하고서, 곧바로 물건의 심사가 시작되었다.

첫 번째 물건은 흑단(黑檀)으로 만든 목검. 목검이라는 것에 의아할 순 있으나, 특성상 마나를 무척 많이 머금을 수 있는 흑단이기에, 마나 제련만 잘되었다면 최소 중품 상급 이상의 등급을 받아낼 수 있을 물건이었다.

"좋아요. 다만, 기사의 역량에만 너무 기대려하는 것 같아서 조금 아쉽네요."

이 흑단 목검은 김유린의 심사평으로 정리되었다.

그다음 물건은 강옥(鋼玉)으로 만든 시미터.

뱀처럼 휘어진 검면과 날선 검날은 그 예리함을 자랑했다. 저번 대회였으면 우승까지도 노려볼 수 있었던 이 물건은 그러나 '좋지만 특색 없이 너무 평범하다'는 혹평을 받아야만 했다.

"자. 그리고 이제! '김태산' 대장장이님의 물건입니다."

드디어 본격적인 시작. 심사 위원과 청중들은 살짝 긴장을 했고, 김태산은 터벅터벅 걸어 제 물건 앞에 다가와 섰다.

"설명해 주시길 바랍니다."

진행자의 말에 김태산이 고개를 끄덕였다. 그러곤 제 물건 위에 드리워져 있던 베일을 걷어낸다.

가장 먼저, 그 우아하고 고급스러운 자태에 청중과 심사 위원들이 탄성을 내질렀다.

"이것은 공작석(孔雀石)과 금강석(金剛石)을 배합하여 만든 바스타드 소드입니다. 이 검에 마나가 스며들 경우, 검면에 마나가 응집되어 푸른 결정이 생겨납니다."

설명은 간단했으나, 이 검은 직접 사용해 볼 때 더욱 빛이 나는 검. 자신만만한 김태산은 검을 들고서 전문 심사 위원에게 다가갔다.

"호오……! 과연 명인의 제자다, 이건가?"

"좋구만. 좋아. 흠잡을 데가 없어."

"정말 좋네요. 혹시 마나를 사용해 봐도 되나요?"

심사 위원의 찬사를 받는 와중. 고위 기사 김유린이 칼자루를 움켜쥐며 물었다. 바라던 바였기에, 태산은 지체 없이 고개를 끄덕였다.

"네, 마음껏."

김태산이 허락하자, 그녀는 검에 마나를 불어넣어 보았다.

검면을 푸르게 감싸던 마나는 정말 그의 말처럼 결정의 형체로 변했다. 원체 아름다웠던 외관은 더욱 환상적으로, 마나결정의 강도는 말이 필요 없을 것이 자명.

이것은 최소 상품(上品)이다.

"……완벽합니다."

김유린이 멍하니 읊조리자, 김태산은 만족스럽게 고개를

끄덕였다.

다른 심사 위원들도 김유린의 심사평과 별반 다를 바가 없었다. 그들 중 특히, 대기실에서부터 김태산을 칭찬하던 유조형은 그가 이미 장인의 경지에 등극했다며 극찬을 늘어놓았다.

"네. 이제…… 마지막 물건입니다."

고조되어가던 긴장이 슬슬 절정에 다다랐을 때. 드디어 마지막, 오크의 차례가 되었다.

"오크 대장장이는 이번 최종 심사에도 참여하지 않았습니다. 개인적인 사정 때문이라고 말했습니다."

오크 대장장이가 참여하지 않았기에, 진행자가 오크의 물건을 담당했다. 그는 청중과 심사 위원들이 잘 볼 수 있도록, 베일에 싸인 단상을 중심에 놓았다.

그러곤, 샤라락-

들춰진 베일, 그 아래에는 '아름답다'는 형용이 가장 어울리는 무기가 놓여 있었다.

칼자루는 푸른색과 붉은색이 조화롭게 덧칠되어 있고, 검면에는 '오크 대장장이'의 상징이나 다름없는 아름다운 문양이 마치 공예품처럼 수놓아져 있었다. 순백의 검신은 길지도, 그렇다고 짧지도 않아 베기와 찌르기 모두에 용이했다.

모두 잠시 동안 말을 잃었다. 김태산의 물건처럼 화려하지는 않으나, 오히려 아름다움만큼은 이쪽이 더욱 뛰어났다. 진정한 아름다움은 굳이 애써 표현하지 않으려 해도 모두가 느낄 수 있다는 말처럼, 이것은 은은하지만 그 무엇보다 우아하고 화려한 미(美)였다.

"……좋네요."

약 2분 동안 침묵이 지속되자, 방송 사고를 모면하기 위해 김유린이 가까스로 입을 열었다.

"으음. 외관은 좋군. 하지만. 겉보기만 봐서는 특별하지가 않소만. 이런 건 대장장이가 직접 나와서 설명해 줘야 하는 것이 아니요? 만약 이 검에 아무 특색이 없다면, 강옥 시미터와 다를 바가 없지 않소."

그다음에는 유조형이었다. 그는 애써 탐탁지 않은 표정을 짓고 있었다.

"네, 오크 대장장이님이 말하시길, 직접 나오지는 못하지만 전화 연결은 가능하다고 하셨습니다. 대장장이님? 혹시 보고 계시다면 자막으로 나가는 전화번호로 연락을 주십시오."

약 20초간의 기다림 끝에, PD가 사인을 보내왔다. 전화가 연결됐다는 신호였다.

—여보세요.

"오크 대장장이님?"

—예, 맞습니다.

목소리는 합격점. 아주 듣기 좋은 톤의 안정적인 중저음이다.

"목소리가 참 좋으시군요."

–하하하…… 감사드립니다.

나긋한 웃음소리도 좋았다. 진행자는 고개를 끄덕이고는 대장장이에게 물품의 설명을 부탁했다.

–이 물건은…… 김태산 장인이 만든 것처럼 특별히 보이는 효과는 없습니다.

"커흠."

단지 한마디가 나왔을 뿐인데, 심사 위원 중 한 명이 못마땅하다는 헛기침을 내뱉었다. 굳이 누군지 확인치 않아도 유조형임이 분명했다.

–그러나 이 무기에는 제 바람이 하나 담겨 있습니다.

"그 바람이 무엇이죠?"

진행자가 기대하며 되물었다. 스토리가 있는 무기는 언제나 옳기에.

–이 무기의 주인과 무기가 함께 성장하면 좋겠다는 바람입니다. 무기는 주인이 성장하면 언제고 버려지게 마련입니다. 버리지 않는다면 언젠가는 그 무기가 주인의 발목을 잡는 날이 올 테니, 아마 무기도 버려지는 것을 원하겠지요.

오크 대장장이는 천천히 읊조렸다. 왠지 모르게 듣기 좋은 그 나긋나긋한 목소리에 장내에 모인 모든 사람들이 서서히 빠져들었다.

"그렇다면? 그 바람은 이뤄졌습니까?"

−네, 다행히도 이 무기는 주인과 함께 성장할 수 있게 되었습니다.

순간 장내에 소란이 일었다.

성장하는 무기? 그런 무기는 결코 들어본 적이 없었다…….

"그, 그게 증명이 가능한가요?!"

이 외침은 김태산이었다. 태산은 오크의 무기를 보고서도 내심 자신의 승리를 점치고 있었기에, 꽤 다급했다.

"무기가 성장한다니요! 그게 말이나 되는 소리……."

−그곳에 계신 기사 중 한 분이 마나를 불어넣어 보시지요. 검은 그 마나에 맞춰 공명할 것입니다.

오크대장장이는 차분하게 대응했다. 그러자 김유린이 자리에서 일어나 그 칼자루를 쥐었다. 김태산이 그 모습을 잔뜩 긴장한 얼굴로 지켜보았다.

"마나를 불어넣으면 되나요?"

−네, 느낌이 오실 겁니다.

유린이 검에 마나를 불어넣었다. 마나는 아주 깔끔하게 검으로 스며들었다.

그리고 그녀는 대장장이가 말한 '공명'이 무엇인지 느낄 수 있었다. 검이 제 마나에 맞춰 평온하게 진동했다. 마치 노래라도 부르는 듯.

-너무 오래는 하시면 안 됩니다. 주인으로 인식해 버리거든요.

그 말에 유린이 퍼뜩 마나를 갈무리했다.

"……대단합니다."

김유린이 멍하니, 하늘을 올려다보며 말했다.

그 모든 광경을 TV로 지켜보던 김세진은 소리 죽여 웃었다.

그가 무기에 부여한 성질은 C등급 [성장흡수]와 [주인인식].

'트레이노스의 뿔' 덕분에 두 성질이 합쳐져, 주인을 완벽히 알아보고 주인과 함께 성장하는 스토리가 있는 검이 될 수 있었다.

그리고 때마침 TV 화면에서는 열망이 가득한 눈초리로 무기를 바라보는 유세정의 모습이 담겼다.

카메라 감독도 이 검의 주인이 될 기사가 누군지, 이미 알고 있는 듯했다.

모든 물건의 소개와 심사 위원들의 심사마저 끝나고 결과 발표만이 남은 지금.

김태산은 어쩐지 초탈한 표정으로 씁쓸한 미소를 지었다.

이기기 위해 많은 노력을 했다. 조금 추잡해 보일지라도 언론플레이 또한 그 일환이었다. 혹시라도 물건의 질이 오크에 비해 조금 떨어져도, 청중의 인기를 등에 업고 승리할 수 있도록.

아버지의 이름을 걸고 참가한 대회다. 그렇게라도 이기고 싶었다. 김태백의 아들, 김태산에게 패배는 어울리지 않으니까.

그러나 성장하는 무기라니.

평생 들어본 적 없는 혁명적인 무기다. 이쯤 되면 오히려 이기는 게 이상하다. 만약 오히려 이기면 여태 쌓아온 여론에게 역풍을 맞을 정도다.

이 패배는 이제 여유롭게 받아들여야만 한다.

오크가 자신보다 두 배는 뛰어났다.

알량한 자존심은 두 배 이상은 허용하지 않았으나 그래도 김태산은 고개를 주억이며 패배를 인정했다.

"자. 결과는!"

진행자가 힘찬 목소리로 무대의 중앙에 있는 대형 화면을 가리켰다.

오크가 저가 만든 무기에 관한 이야기를 풀어놓은 순간부터, 긴장은 처음과 같지 않았다. 어쩌면 뻔한 결과.

그렇기에 결과가 나온 순간 이 장소에 모인 모두가 그것을 오롯이 받아들일 수 있었다.

"우승자는, 오크 대장장이님의 '성장하는 브로드 소드'입니다!"

폭죽이 터지고, 바닥에서는 별안간 화염이 솟아올랐다. 요란한 무대 장치의 향연, 그러나 정작 무대 위에는 상을 받아야 하는 당사자가 없어 살짝 휑했다.

"……자. 그럼…… 네. 소감을 듣기 위하여 오크님의 소감을 들어보겠습니다. 전화…… 주실 수 있나요?"

오크가 사전에 부탁한 사항이었기에 번거로워도 어쩔 수 없었다.

다행히 오크 대장장이는 빠르게 연락을 해왔다.

"대장장이님. 우승을 축하드립니다!"

–하하. 네, 감사드립니다. 아주 기쁘네요.

담담하지만 숨길 수 없는 기쁨이 새어 나오는 목소리였다.

"압도적이라 말할 수 있는 결과였는데…… 어떻게 생각하시는지요?"

–음. 압도적이지는 않았어요. 저와 경쟁했던 다른 모든 무기 모두, 대장장이분들의 많은 노력이 엿보이는 무기였으니까요. 비록 승패는 갈리게 되었지만, 그 노력의 값어치는 모두 똑같았다고 생각합니다.

깔끔하고도 겸손한 대답이었다. 진행자가 만족하려는 찰나, 갑자기 유조형이 손을 들어올렸다.

"아, 심사 위원분이 질문이 있다고 하시는데요. 혹시 괜찮으십니까?"

–네, 괜찮습니다.

질문을 허락받은 유조형은 먼저 헛기침을 한번 했다.

"만약 자네가 말한 성질, '함께 성장한다.' 뭐 이런 것이 사실 없다고 판명 날 경우에는…… 어떻게 할 생각인가? 자네는 지금 계속 익명으로 우리에게 불신을 주고 있는데. 단지 상금을 타기 위해 거짓을 말하는 것일 수도 있지 않은가?"

–그럴 수도 있습니다.

적의가 담겨 있는 공격적 질문이었으나, 오크 대장장이는 침착하게 답변했다.

–그래서 저는 이 무기의 주인 될 사람이 그러한 성질이 있다고 확실히 판명해 줄 때까지. 상금은 물론 물품 대금까지도 받지 않겠습니다.

단호하고 확실한 잘라내기였다. 유조형은 탐탁치는 않았지만, 뭐라 반박할 수는 없었기에 물러날 수밖에 없었다.

"아. 그럼, 저도 대장장이님께 질문을 하나해도 될까요?"

이번에는 김유린이었다.

—네, 물론이죠.

"앞으로도 무기를 제작하고 판매할 생각이 있으신가요? 만약 있으시다면 그 유통은 어떻게 하실 건지……."

간단하고 단순하지만, 기사단의 요직에 앉은 그녀로서는 가장 중요한 질문이었다.

—당연히 있습니다. 그리고 유통은…… 한번 생각해 봐야겠지요. 저는 완성품을 만들고 주인을 찾는 것보다, 주인이 될 사람을 위해 제작하는 걸 선호하는 편이거든요.

순간 김유린이 놀란 표정으로 저도 모르게 입맛을 다셨다. 이곳에 모인 대부분의 기사들도 그녀와 똑같은 행동을 했다.

보통 잘나간다 하는 장인 혹은 명인 대장장이들은 물건은 만들고, 그 주인 될 사람의 '후보'를 받는다. 심지어 몇몇 기사들은 무기를 얻기 위해 상납까지 한다는 소문까지 있을 정도.

이는 자존심 때문이기도 하고, 주인에 맞춰 물건을 만들기가 여간 어렵지 않기 때문이다. 반년 동안 공들인 무기도 마음에 들지 않으면 쉽게 박살 내는 게 대장장이라는 족속인데, 어떤 '기준'에 맞춰 무기를 만드는 건…….

"조, 좋군요. 혹시 저랑 친해질 생각은 없으신가요?"

이건 김유린의 진심이 담긴 말이었다. 그러나 대부분의 청중과 진행자들은 그저 유머러스한 농담으로 받아들이고 웃음을 터뜨렸다.

그런 그들을 이상한 표정으로 둘러보던 김유린이 자기는 진심이라며 다시 입을 열려고 했을 때, 별안간 청중 중 한 명이 기습적으로 크게 소리치며 물어왔다.

마이크가 없어 작았지만, 언뜻 듣자니 요즘 소문이 파다한 단체 '더 몬스터'에 관한 이야기.

"아. 방금 저도 살짝 궁금했던 질문이 들려왔네요. 혹시 '더 몬스터'라고 알고 계시나요? 고블린 연금술사님이 가입하셨다는."

—……네. 알고 있습니다.

진행자가 별생각 없이 물었다. 정말 그저 말도 안 되는 소문이라 치부했기에, 그 목소리에 진지함이라고는 없었다. 오히려 가벼운 웃음기가 섞여 있었을 뿐.

“두 분 다 컨셉이 몬스터라서…… 몇몇 사람들은 대장장이님도 이 단체에 가입하지 않을까 생각도 하고 있는데. 어떻게 생각하시나요?”

–그래요? 흠…….

그러나 오크 대장장이는 뜸을 들였다. 갑작스런 시간 끌기에, 허무맹랑한 소문이라 치부했던 사람들도 집중하고 긴장하며 다음 말을 기다렸다.

오크는 약 30초 정도 더 사람들을 애태우다가, 이내 하하 웃으며 말했다.

–가입하는 것도 재미는 있겠네요. 만약 그렇게 되면, 제 물건의 구매 문의는 단체 ‘더 몬스터’로 보내시면 될 것 같습니다. 그럼 저는 이만.

가능성이 있다는 말을 끝으로 대장장이는 전화를 끊었다. 그리고 장내에는 적막이 가라앉았다.

신선한 충격이었다.

세진은 공모 대회가 끝나자마자, 빛살처럼 업로드 된 수많

은 기사와 대중들의 반응을 살펴보았다.

피곤했지만, 그래도 충격에 빠진 매스컴과 대중들을 관찰하는 건 즐거웠다.

–보물이 될 수 있는 상품의 등장.

–성장하는 무기, 그 진위는?

–주인의 뜻을 따르는 검, 그 주인은 누가 될지.

–오크 대장장이, 새로운 패러다임을 제시하다.

이따위의 기사 제목은 오글거리긴 했으나 사람의 이목을 끄는 힘이 있었다.

그러나 어느 시점이 되니 무기에 관련된 기사들은 다른 주제의 기사들에 의해 묻혀 버리고 말았다. 다른 기사의 주제는 바로 오크 대장장이의 '더 몬스터 가입.'

대단히 폭발적인 반응이었다. 어떻게 알아냈는지, 김세진의 집까지 찾아오는 기자도 있을 정도로.

–일단 걱정하지 마요. 사람 보냈으니까, 알아서 정리해 줄 거예요.

"응, 매번 고마워."

집 앞에서 진을 치고는 20분 간격으로 문을 두드리는 기자들에게 지쳐갈 즈음. 때마침 유세정에게서 연락이 왔다.

과연 새벽의 위엄은 대단했고, 실제로 그녀가 그 말을 한 지 3분도 채 지나지 않아 경호원들이 도착해 기자들을 쓸어냈다.

—근데 프로그램 보셨죠? 오크 대장장이님이 이 단체에 가입하시는 거, 진짜예요?

"아. 그거? 어, 그게 고블린 연금술사가 자기가 오크 대장장이랑 친하다고는 했거든? 연줄이 닿긴 할 텐데…… 모르겠어. 한번 물어봐야지."

한번 시작한 거짓말을 도저히 멈출 수 없었고, 하면 할수록 더욱 익숙하고 편하다. 그리고 이들이 놀라하는 모습을 감상하는 것도…… 그리 악취미는 아니지 않은가?

—저, 정말요? 저 그러면 나중에 그분이 단체 가입하시면…… 부탁 같은 거 해도 될까요?

"그렇겠지? 마땅한 대가만 있다면."

—줄 대가는 넘치도록 있어요.

"……물론 그렇겠지."

두 사람의 주제는 '오크 대장장이'였다. 그녀는 자신이 그 '성장하는 검'을 가지게 될 것이라며 연신 호들갑을 떨었다.

—아. 그리고 오빠. 나중에 같이 밥 한번 먹어도 돼요? 그 김유린 기사님이 같이, 같이 밥 한번 먹자고 하셨는데…….

그러다 문득, 유세정이 살짝 상기된 목소리로 화제를 돌렸다.

"음? 나도?"

—네. 오빠도요…….

그러나 이건 왠지 아쉬워하는 투였다. 아무래도 그녀는 김유린과 단둘이서 식사를 하고 싶었던 듯했다.

"가도 되는 거야?"

—네. 김유린 기사님이 직접 '김세진 씨도 함께'라고 말씀하셨는데…… 세진 오빠 바쁘시면 안 된다고 말씀드리고 저랑 둘이서만 먹을게요! 분명 그래도 이해해 주실 거예요!

그렇게 말하는 그녀의 음성은 괜히 활기찼다. 그래서 괜히 골려주고 싶었다.

"아, 그래? 괜찮아. 갈 수 있어."

—…….

순간 침묵이 가라앉았다. 김세진은 새어 나오려는 웃음을 애써 참으며 말을 이었다.

"언젠데?"

—……다음 주 월요일.

세정이 퉁명스레 한마디를 툭 내뱉었다.

"알았어. 그럼 그때 보자."

그러나 그는 태연하게 대답하며 전화를 끊을 뿐이었다.

"……!"

흑색 늑대, 김세진이 눈을 떴다. 샛노란 눈동자가 번뜩였다.

말로 형용하기 어려운 기운이 온몸을 감싸고 있었다. 불쾌할 정도로 기묘한 감각이었기에, 세진은 재빨리 인간폼을 취했다.

시계를 힐끗 바라보니 오전 9시. 새벽 1시쯤에 잠에 들었으니 정상적인 수면이다.

'근데 왜…….'

몸의 군데군데가 이상하게 쑤셨다. 특히 관절부위와 손톱이 시리게 아려왔다. 마치 타박상이라도 입은 양.

"……뭐지?"

세진은 고개를 갸웃했으나, 그 이상의 고민은 하지 않았다. 그저 지하로 내려가 보급용 중하급 회복 포션 하나 복용했을 뿐. 관절의 시림과 쑤심은 순식간에 사라졌다.

다시 지상으로 올라온 그는 만족스럽게 소파에 누워 TV를 켰다.

오전 9시 뉴스의 첫 토막부터 '오크 대장장이'였다. 그는 흐뭇한 미소를 지으며, 앵커의 목소리를 감상했다.

'대중은 물론 기사계와 정재계도 대한민국을 대표하는 새로운 명인이 탄생할 것이라며 기대감을 감추지 못하고 있습니다.'라는 앵커의 찬사를 듣고 있노라니, 어제 인터넷으로 확인했던 대중의 열성적 반응과 흥분이 다시금 되새겨졌다.

그렇게 그는 진한 만족 속에서 낮잠에 들었다. 몸이 이상하게 피곤했다.

세진이 완전히 낮잠에 빠져들었을 때.

뉴스의 화면이 급작스레 바뀌었다.

긴급 속보였다.

—……아! 뉴스속보입니다. 오늘 오전 3시경, 강원도 횡성 일대에서 살인 사건이 벌어졌습니다. 그 사체가 이상한 점을

미루어 당국이 부검한 결과, 이 피해자의 신원이 '뱀파이어' 인 것으로 판명. 현재 수사당국에서는 이 사건이 용병 '라이칸'의 소행으로 추정하고 수사를 진행 중이라는…….

12장
발전 아닌 발전

프로그램이 방영되고 나서 일주일 동안, 단체 가입 문의가 빗발쳤다.

몬스터 필드 근처에만 가도 사람들이 달라붙었다.

한데 그 면면들이 대단했다. 모두 저마다의 분야에서 한가락 하는 중급 기사, 중상급 기사, B등급 마법사 등등…….

거절을 놓으면 개중 연식이 높으신 몇몇 분들은 '감히 네가?'라는 시선으로 노려보았으나, 그게 충분히 이해가 될 정도로 모두 어느 정도의 사회적 지위가 있는 사람들뿐이었다.

하나 김세진은 모두 거절했다. 굳이 의도가 훤히 보이는 사람들을 단체에 들여보내, 물이 흐려지는 게 싫었기 때문이다.

이는 유세정에게도 마찬가지였다. 그러나 그녀는 경호원들에 의해 사전에 차단되었으니 세진보다 불편할 일은 없었다고 하겠다.

그리고 별안간 '투자 문의'도 많이 들어왔다. 여러 기사단은 물론 마탑과 기업, 심지어 정치인들까지.

개중 몇몇은 돈을 받지 않으면 불이익이 생길지도 모른다는 이상한 협박까지 보내왔다.

물론 김세진은 모두 거절했다.

근데 한 가지. 단호하게 거절하기에는 본능이 가로막는 제안이 하나 있었다.

바로 TV 출현.

그때 '기사의 조건'이라는, 기사들이 사냥하는 모습을 예능으로 담아 대박을 터뜨린 프로를 담당했던 PD의 제안이었다.

그 프로가 대박나기도 했고, 어렸을 적부터 어머니와 함께 보던 TV에 막연한 동경이 있던 그로서는 냉정하게 잘라낼 수 없었다. 그래서 세진은 한 번 고민해 보겠다고 연락을 보내 놓았다.

그리고 지금. 김유린과 함께 식사를 하기로 약속한 날.

해가 슬슬 저물어가는 늦은 오후. 김세진은 집 앞으로 자신을 데리러 온다 말했던 유세정을 기다리고 있었다.

김유린을 구해줬던 고블린이었을 때의 기억이 아른거림에 따라, 세진은 왠지 모르게 긴장이 되었다.

그렇게 핸드폰을 만지작거리며 기다리고 있던 와중에, 저 멀리서 번쩍거리는 검은색 리무진이 슬슬 다가왔다.

'……저게 맞나?'

세진은 살짝 고민했다. 파티에 참석하는 거라면 몰라도, 굳이 저녁 한 끼를 위해 저렇게 기다란 리무진을 끌고 올 필요는 없지 않은가. 저거면 오히려 부담스러울 텐데…….

그러나 리무진은 세진의 앞에 다가와서 멈춰 섰다.

"……."

세진이 멍하니 그 차를 바라보고만 하고 있자, 뒷좌석의 창문이 스르르 내려가더니 유세정의 얼굴이 빼꼼 삐져나왔다.

"오빠! 뭐해요, 안 타고?"

"……어, 그래."

떨떠름히 대답한 세진은 그제야 뒷문을 열고 차에 올라탔다.

내부는 더 장관이었다. 넓이가 예전에 살던 원룸과 비교해도 꿀리지 않는 느낌. 시트도 대단히 폭신폭신해, 구름 위에 엉덩이를 가져다 놓은 듯했다.

"……대단하네. 이게 그 '마법 설계'인가?"

세진이 시트를 꾹꾹 눌러보며 말했다.

"네, 아마도 그럴 거예요."

그녀는 태연히 대답하며 등받이에 몸을 뉘었다. 그러나 세진은 감히 그럴 수 없었다. 그래서 그는 약간 불편한 새우처럼 몸을 비틀었다.

"근데 그건 뭐야?"

그는 모르는 척, 세정의 두 무릎 위에 고이 놓인 상자를 가리키며 말했다. 그녀는 아주 자랑스러운 표정으로 상자를 열어 보였다.

"'성장하는 브로드 소드'예요. 이제부터 제 주력무기가 될 검이죠. 오크 대장장이님이 편지까지 동봉해 주셨어요."

"그래?"

그는 유세정을 위해 편지까지 썼다. 부디 잘 다루어 달라고. 혹시라도 자신의 실력이 향상되면 사후 처리까지 잘해주겠다고.

그녀는 아주 만족스러워하는 얼굴이었기에, 세진도 만족하기로 했다.

약속 장소는 칠흑 기사단 근처의 고급 레스토랑이었다. 세진은 초대장이 있어야만 들어갈 수 있는 식당은 난생 처음이었다.

그는 살짝, 아니 많이 부담스러웠다. 이런 고급스러운 분위기는 자신과는 도저히 맞지 않다.

몇 백만 원은 간단히 호가할 것 같은 정장을 입은 남자와 화려한 드레스를 입은 여자. 개중에는 유명한 정치인과 기사, 얼굴만 보면 누군지 딱 알 수 있는 연예인까지 있었다.

정수리부터 발끝까지, 옷차림부터 하는 행동까지. 자신과는 완벽히 이질적인 공간.

김세진은 기가 죽을 수밖에 없었다.

"유세정 님과 김세진 님. 확인되었습니다."

두 사람은 웨이터의 반듯한 안내를 받아 널찍한 식탁 앞에 착석했다.

"오빠, 왜 그렇게 고개를 두리번거리는 거예요?"

메뉴판을 살펴보던 유세정이 의아하다는 듯 물어왔다.

"……우릴 쳐다보잖아."

가뜩이나 불편한데, 주변의 유명인들이 이쪽을 주시하기까지 한다. 그는 지금 당장에라도 자신이 입은 체크무늬 남방을 찢어버리고 싶었다.

"으음, 그러네요? 아마 단체 때문일걸요? 오크 대장장이 님까지 언급한 단체니까…… 충분히 그럴 만하죠."

덧붙여 유세정은 김세진이 브로드 소드에 동봉한 편지를 읽고 완전히 감동받은 듯, 오크 대장장이의 열성팬이 되어버렸다. 그 대장장이가 바로 자기 앞에 있음에도 알아보지 못하는 건 조금 애처로울 따름이지만.

"근데, 정말 대장장이님이 우리 단체에 가입하신대요?"

게다가 어느새 단체의 호칭이 아주 친근한, '우리 단체'로 바뀌어 있었다. 세진은 입가에 엷은 미소를 머금었다.

"모르지. 근데 연락은 닿을 것 같아."

그가 천연덕스레 대답했다. 자기 자신과 연락은 닿을 수 있다…… 어쩌면 당연한 말이다. 너무 당연해서 문제지만.

"와……! 저도, 저도 한번 연락해 볼 수 있을까요?"

"그건 나도 잘…… 근데, 너는 마음만 먹으면 정체를 밝혀낼 수 있지 않아?"

세진이 의문스럽다는 듯 물었다.

새벽의 정보력이면 고블린 연금술사는 물론 오크 대장장이의 정체까지 밝혀낼 수 있다. 몇 가지 단서는 필연적으로 남게 마련이니까.

오히려 새벽은 그들의 정체를 밝혀내는 것보다, '그 세 인물이 모두 동일 인물-김세진-이다'라는 사실을 받아들이는 것을 더욱 어려워할 터.

"그렇긴 한데, 그건 황금 알을 낳는 거위의 배를 가르는 거나 마찬가지잖아요. 굳이 익명으로 있고 싶어 하는 대장장이님의 정체를 밝혀서 관계가 악화되면 저희만 손해니까."

이건 명답이었다. 그가 고개를 끄덕였다.

그런데 갑자기. 유세정이 무언가가 번쩍 생각났다는 듯,

눈을 부릅뜨고는 상반신을 가까이 들이밀었다.

"아 맞다! 대장장이님과 연락이 닿으면 이건 꼭 말해주세요. 저희가 일부러 대장장이님 신상 보호해 주고 있다고요. 다른 기업이나 기사단은 저희처럼 생각 안 하는 곳도 있어서."

"……어, 그래. 알겠어."

그녀는 용건이 끝나니 다시 의자 등받이에 천천히 기댔다.

세진은 그런 그녀를 멍하니 바라보았다. 왠지 친해지면 친해질수록, 처음과는 다른 느낌.

나이답지 않게 성숙한 면은 분명 있지만, 그래도 또래 소녀들처럼 감정이 풍부하고 명랑한 면도 분명히 존재한다…… 는 건 꽤나 새로운 매력으로 다가왔다.

그래봤자 미성년자지만.

"……아! 오셨다."

유세정이 그의 등 뒤를 가리키며 나지막하게 소리를 질렀다. 김세진이 뒤를 돌아보았다.

그곳에는 코트형 갑옷을 걸치고 있는 기사, 김유린이 있었다.

그녀도 세진과 비슷한 태도. 살짝 당황한 기색으로 집중되는 시선을 헤치며 이쪽으로 도착했다.

"아, 안녕하세요!"

유세정이 먼저 벌떡 일어났다.

"네, 안녕하세요. 아 저…… 제가 일을 마치고 바로 온 거라, 옷을 갈아입을 시간이 없었어요."

유린은 구하지 않아도 될 양해를 구하며, 세정의 옆자리에 앉았다.

"안녕하세요. 김세진입니다."

"네, 얘기 많이 들었어요. 반가워요."

김세진의 가벼운 인사를 미소로 화답한 김유린은 메뉴판을 훑어보다가, 순간 뜨악한 표정이 되었다.

"어…… 많이 비싸네요?"

두 사람으로서는 전혀 예상치 못한 말이었다. 김유린은 국립기사단의 고위 기사, 적어도 연 10억 이상의 돈을 버는…….

"아 제가 요즘 이사도 했고, 뭣보다 장비를 사는 데 돈을 써가지고……."

"괜찮아요! 이 레스토랑이 저희 할아버지 소유라서, 다 공짜예요."

유세정이 제 가슴을 팡팡 두드리며 말했고, 김유린은 그제야 환한 미소를 지었다.

그렇게 세 사람은 식사가 나올 때까지 살짝 어색한 분위기 속에서 이야기를 나누었다.

주제는 다양했다. 고블린 연금술사, 오크 대장장이, 요 근래 중국과 미국에서 연이어 균열이 크게 벌어진 대사건, 앞으로의 미래, 그리고 마지막으로.

"아 맞다. 그 '더 몬스터'라는 단체에 정말 두 명의 괴물이 모두 가입하나요?"

"……괴물이요?"

"네, 요즘은 괴물이라고 부르더라고요. 두 분 다 각자의 분야에서 압도적인 재능을 뽐내고 계시니까, 경외가 담긴 표현이겠죠."

그녀의 진중한 목소리가, 이것이 처음부터 얘기를 나누고 싶었던 주제임을 알려주었다.

"그건…… 모르겠어요. 고블린이 자기가 오크랑 친하다고는 말했는데……."

살짝 애매하게 넘긴 세진은 곧바로 미소를 지으며, 능글맞게 말했다.

"관심이 많으신가 봐요? 그래서 그런데, 혹시 저희 단체에 가입하실 생각은 없으세요? 그럼 두 개의 연줄이 동시에 닿을 수도 있을 텐데."

"와. 그거 정말 좋은 생각이네요!"

별안간 유세정이 큰 소리로 거들었다.

……너무 큰소리였다. 주변의 이목이 집중될 정도로.

'재 왜 저래?'

그가 살짝 당황해하며 세정을 바라봤다.

과연, 상태가 말이 아니었다. 얼굴은 벌게지고 이마에는 땀방울이 잔뜩 고여 있어, 당장 쓰러져도 이상하지 않을 모양새다.

한숨을 푹 내쉰 그는 품에서 손수건을 하나 꺼내 그녀의 이마를 닦아주었다.

"……아, 고마워요……."

그에 겨우겨우 진정한 세정이 심호흡을 하며 감사를 표했다.

그리고 유린은 오묘한 포정으로 그 모습을 멍하니 지켜보다가 입을 열었다.

"그……. 영광이네요. 요즘 가장 핫한 단체가 먼저 가입을 권유해 주시니…… 근데 제가 조금 상황이 그래서. 그래도 생각은 한번 해볼게요."

물론 가입하고 싶었으나 유린으로서는 어쩔 수 없었다. 국립기사단의 '단장'은 원칙적으로 단체 소속이 불가능하다. 그리고 자신은 아버지의 뒤를 이어 기사단의 단장이 될 몸.

물론 아직 그때까지는 3년도 더 남았으나, 3년 시한부로 가입하는 것은 오히려 단체원에게 폐가 될 것 같았다.

"네, 한번 긍정적으로 생각을……."

그때.

별안간 바닥이 부르르-진동했다.

"……뭐야."

세진은 지진인가 싶었으나, 곧 레스토랑의 유리창 너머로 보이는 광경에 그것이 아님을 알 수 있었다.

한강의 조망이 훤히 내려다보이는 이 레스토랑에서는 볼 수 있었다. 강의 중앙에서 천천히 솟아오르려는 하나의 거대한 형체를.

"……!"

김유린이 경악한 표정으로 몸을 벌떡 일으켰다.

레비아탄.

한강을 비좁아할 정도로 거대한 해수 몬스터.

뱀의 몸체에 용의 머리통을 닮아 '바다에 사는 이무기'라도 불리는 저것은, 한강에 존재해서는 안 되는 몬스터다.

"……!"

김유린이 경악한 표정으로 몸을 벌떡 일으켰다.

레비아탄.

한강을 비좁아 할 정도로 거대한 해수 몬스터. 뱀의 몸체에, 용의 머리통을 닮아 '바다에 사는 이무기'라도 불리는 저것은, 한강에 존재해서는 안 되는 몬스터다.

말 그대로 바다, 그중에서도 심해에 사는 몬스터.

그런 몬스터 지금 이곳에 모습을 드러낸 이유는 오직 두 가지.

'소환, 혹은 균열.'

그러나 후자는 다수의 몬스터를 동반하니 전자의 가능성

이 크다.

하나 지금 그딴 가능성을 논하고 있을 시간은 없다……!

"죄송합니다. 먼저 가볼게요! 배상은 하겠습니다!"

김유린은 온몸에 마나 강기를 두른 채, 유리창을 향해 빛살처럼 쇄도했다.

와장창- 깨져 나간 유리를 뒤로하고, 그녀는 허공을 구르며 한강으로 활강했다.

심해의 마수, 레비아탄.

레비아탄은 관련된 설화나 전설이 많은 만큼, 대단히 강대한 무력을 자랑하는 괴수다. 그것은 차라리 몬스터라 부르기보다는 재해(災害)라는 형용이 알맞을 정도.

그러나 그건 어디까지나 레비아탄이 바다에 있을 때의 이야기. 지금 이곳은 운신의 폭이 아주 좁은 강이다.

김유린은 발검(拔劍)한 채, 수면 위로 머리를 들어 올리려는 레비아탄을 향해 활강했다.

하나 목표는 놈의 사살이 아니다. 어디까지나 '역소환'. 어딘가에 새겨져 있을 마법진 혹은 부적을 소멸시켜야 한다.

하지만 그보다 앞서, 도심에 생길 혼란과 피해를 최대한 줄일 필요가 있었다. 그래서 그녀는 이 일격의 목적을 '레비아탄, 5분간의 기절'로 설정했다.

이것은 오직 김유린만이 지니고 있는 특성 중 일부, 일명 '목적성'이다. 그녀는 제 마나의 한도가 허락하는 범위 안에서, 특정한 목적을 검격 안에 녹여낼 수 있다. 그리고 그 목적은 잠시나마 하나의 진리가 되어 '반드시' 이행된다.

'……마나가.'

온몸의 힘이 쑥 빠져 나가는 느낌에 유린이 이를 꽉 깨물었다. 사살도 아니고 그렇다고 한 시간도 아니고, 고작 오 분간의 기절일 뿐이다. 그러나 마나의 소모는 아주 극심했다.

"———!"

어느새 수면 위로 얼굴을 내민 레비아탄은 마치 뱃고동과도 같은 괴성을 내뱉었다. 그러나 그 듣기 괴로운 저주파 소리는 오래 지속되지 않았다.

콰아아앙—!

사방이 진동하는 폭음.

온몸에 푸른 마나를 두른 채, 하늘에서부터 내려앉은 김유린의 일격이 놈의 미간 사이를 제대로 가격했다.

갑작스런 소환에 심기가 잔뜩 불편해져 있던 레비아탄은 눈을 까뒤집고서 다시 수면으로 무너져 내렸다.

풍덩—

그 과격하리만치 거대한 물체가 넘어짐에 따라, 마치 해일과도 같은 물보라가 사방으로 퍼졌다.

“……으.”

유린은 한강 옆 대로변에 가볍게 착지했으나, 연신 비틀거리다 결국 한쪽 무릎을 꿇었다. 마나 소모로 말미암은 현기증.

물론 아직 절반정도의 여력은 남아 있지만, 단 한 번의 일격으로 무려 절반의 마나가 소모된 것은 특성을 능숙히 다루지 못했던 초보시절을 제하고는 난생 처음이었다.

그러나 쉴 새도 없이 그녀는 재빨리 수정구 아티펙트를 들었다. 그 즉시 칠흑 기사단원의 목소리가 급히 튀어나왔다.

“여기 레비…… 뭐?”

하나 그것은 그들이 지금 이 한강변의 ‘레비아탄 사태’를 이미 알아차렸기 때문이 아니었다.

-기사님! 서울 남산과 강원도 몬스터 필드, 그리고 부산 쪽에 갑자기 난리가 일어났답니다! 부산은 균열이 열리기 직전이라 아예 지옥문이에요!

수많은 사건이 이미 동시다발적으로 벌어지고 있었다.

“유린 기사님!”

기사로 재직하면서 평생 없었던 초유의 사태. 그러나 유린이 최대한 평정을 유지하며 대처방안을 생각하고 있을 때, 어디선가 목소리가 들려왔다.

유세정과 김세진이었다.

“오지 마세요! 너무 위험합니다!”

유린이 크게 소리쳤다. 그러나 두 사람은 아랑곳 않고 그녀에게로 다가왔다.

"괜찮으십니까? 그리고 저건 뭡니까?"

김세진은 유세정과 함께 유린을 부축하며 다급히 물었다. 유린은 착잡한 표정으로 답했다.

"……레비아탄이에요."

"……네?"

그 복잡한 심경이 담긴 말에, 순간 유세정이 멍해졌다.

레비아탄. 신화 속 괴수는 이곳에는 있어선 안 될…….

"하지만 다행히도 소환수예요. 분명 매개체가 가까운 곳에 숨겨져 있을 테니, 그것만 찾으면 돼요. 근데 지금 난리가 이 곳에만 있는 게 아니라 인력이…… 혹시 도와줄 수 있겠어요?"

일시적으로 불려나온 몬스터는 본신의 위력이 어느 정도 경감되고, 또 매개체가 사라지거나 지속시간이 끝나면 원래 있던 장소로 역소환이 된다. 그래서 그 매개체만 소멸시킨다면 사태는 쉽게 진정시킬 수 있다.

게다가 그 매개체가 있을 장소도 예측이 된다. 당연히 강바닥 깊은 곳에 있겠지.

그러나 문제는 시간이다. 고작 5분, 아니, 아직 한 번의 기회가 더 있으니 10분이라 하더라도, 강바닥을 모두 뒤지기에는 턱없이 부족하다. 그렇다고 지속시간이 끝날 때까지 기다리면 너무 큰 피해가 발생된다.

"네!"

유세정과 김세진이 동시에 대답했다.

유린은 그들에게 간단히 설명하고서, 재빨리 강물 속으로 뛰어들었다. 유세정도 그 즉시 그녀의 뒤를 따랐다.

그러나 그중 오직 세진만이 오히려 뒤로 물러섰다.

매개체가 뭔지는 몰라도, 분명 그것으로부터 뿜어져 나오는 기운은 존재할 터.

먼발치에서 한강의 전경을 바라보던 세진의 동공이 황금색으로 번뜩였다.

시야가 밝아지고, 온 사위가 선명해졌다.

저 거대한 레비아탄에게서는 '기절'의 의미인 녹색 기운이 퍼져 나오고 있었다. 그러나 색이 점점 연해지는 걸 보면, 시간은 그리 많지 않다.

그는 수면 곳곳을 확대하며 희미하게라도 있을 기운을 급히 찾기 시작했다.

수면 위에는 없었다.

그렇다면 수면 아래.

점점 시선을 내리던 그는 드디어 발견할 수 있었다.

이쪽으로부터 반대편. 꽤 먼 지역에서 아른거리는 진한 푸른색의 기운.

저곳이다-

그는 그쪽을 향해 지체 없이 달리다가, 이내 강으로 뛰어들었다.

선풍의 질주는 과연 바닷속에서도 적용되는 유용한 스킬이었다. 그는 거친 파도를 일으키며 수면을 헤엄쳤다.

기운이 흘러나오는 지점까지 소요시간은 약 3분. 그 근원지에 도착한 세진은 즉시 잠수했다.

늑대의 시야는 수면 아래에서도 무척 밝았다. 그래서 세진은 무리 없이 볼 수 있었다. 강의 바닥에 그려진 해괴한 마법진과 그 중심에 고정된 이상한 비늘 한 조각을.

연신 아래로, 아래로 헤엄쳐 마침내 밑바닥에 닿은 그는 일단 늑대의 손톱을 활성화했다. 마법진은 '마나'로 그려져 있었기에 베어내야만 할 것 같았기 때문이다.

그렇게 세진이 순식간에 길어진 손톱을 휘두르려는 순간.

별안간 강물에 거세게 진동하며 치솟았다.

우우우웅—

기절한 레비아탄이 다시 깨어난 듯. 마치 뱃고동과 같은 소리가 다시금 울려 퍼졌다.

그러나 그것은 곧 퍽- 하는 타격음과 함께 멎고, 뒤이어 거센 파동이 수면을 타고 전해졌다.

'……뭐야?'

그 기이한 현상에 세진은 살짝 당황했으나, 다시 마법진에 집중했다. 강(江) 속인지라 행동이 전체적으로 느렸다.

휘이적- 휘이적-

세진이 손톱을 휘둘렀지만 변화는 없었다.

'인간형으로는 등급이 부족하다.'

그는 어쩔 수 없이 두 팔만 흑색 늑대, 야수 폼을 취했다. 순식간에 팔이 우락부락해지며 짙은 털이 자라났다.

늑대의 흉악한 손아귀는 이 물결마저도 가를 수 있을 만큼 파괴적이었다.

"---!"

그가 손톱을 힘차게 휘둘렀다.

그리고 실제로 물결이 베어졌다.

아주 찰나. 손톱이 닿는 부분의 수분이 증발했다.

'와.'

하나 이 손톱의 위력을 멍하니 두고 감상할 시간은 없었다. 그는 마법진을 향해 손톱을 마구잡이로 휘저었다.

세진이 손톱을 휘두를 때 마다 색이 점점 연해지던 기운은, 마침내 흔적도 없이 사라지게 되었다. 바닥을 힐끗 바라보니 마법진도 모두 해체되어 있었다.

그와 동시에 무지막지한 위협을 내뿜던 마수의 기척도 사라지고, 세진은 인간폼으로 변해 수면 위로 올라가려 했다.

한데 그 마법진의 중심에서 번쩍이던 자그마한 비늘이 눈에 걸렸다. 일종의 호기심이었다. 그래서 그는 손을 뻗어 그것을 움켜쥐고서 수면 위로 헤엄을 쳤다.

"푸하!"

그렇게 일을 마치고 수면 위로 나오니, 먼저 사방의 난리통이 눈과 귀에 내다 꽂혔다.

사이렌소리가 하늘을 울리고, 녹갈색의 전투복을 입은 군인과 탱크가 대교 위로 깔려 있었으며, 한강 주변에는 실전에 투입될 기사들이 온몸에 마나를 잔뜩 두른 채 임전의 태세를 갖추고 있었다.

그런 그들은 역할이나 옷차림은 모두 달랐으나 행동만큼은 비슷했다. 모두 멍하니 주변을 두리번거렸다. 이렇듯 긴급사태가 벌어진 이유였던 '레비아탄'이 급작스레 사라졌기 때문에.

"……후."

세진은 그런 그들을 지켜보다가, 뭍으로 올라가려 했다.

그러나 또 다른 하나가 다시 눈에 띄었다. 이번에는 물건이 아니었다.

"유린 씨!"

레비아탄이 사라진 자리에서 힘겹게 헤엄을 치고 있는 김유린이었다.

그는 그녀를 향해 헤엄쳤다. 속도는 상당히 빨랐기에 그리 오래 걸리지 않아 닿을 수 있었다.

"괜찮아요?"

"……."

유린은 말없이 고개를 끄덕였지만, 파랗게 질린 안색은 결코 괜찮아 보이지 않았다.

"꽉 잡아요."

그 말에, 그녀는 세진의 옷자락을 강하게 움켜쥐고는 물었다.

"……세진 씨가 하신 거예요?"

"네?"

"소환…… 매개……."

"아…… 네, 운 좋게 마법진을 찾아냈거든요."

김유린은 그 이상 말을 하지 않고, 세진의 품에 머리를 기댄 채 눈을 감았다. 아무래도 레비아탄을 두 번 기절시킨 대가가 꽤나 컸던 듯했다.

생각하고 보면 당연했다.

레비아탄은 바다의 왕, 해수에서만큼은 그 크라켄마저도 한 수 접어주는 전설적 몬스터다. 그런 전설의 마수를 한 번도 아니고 무려 두 번이나 기절을 시켰는데, 정상을 유지하면 그건 더 이상 사람이 아니게 된다.

"어서!"

뭍 위로 올라온 세진은 구조대에게 김유린을 건네주었다. 그들은 그녀를 둘러메고서 황급히 응급차로 향했다.

"기사님! 괜찮으십니까!"

"맥박은 정상이에요."

그렇게 모든 관심이 유린에게로 집중되고 순식간에 찬밥 신세가 되고. 세진은 그들의 눈치를 슬쩍 살피고는, 조심스레 손에 꽉 쥐어두었던 물건을 꺼냈다.

영롱하게 빛나는 비늘.

그 무엇보다 윤기 나고 부드럽지만, 그 어느 금속보다 단단하여 어떤 날붙이도 감히 생채기 하나 낼 수 없다.

이것은 부정할 수 없는 레비아탄의 비늘 그리고 한낱 소환의 술로 바다의 마신을 소환할 수 있었던 이유.

"……."

그는 그 비늘을 집어삼켰다. 무슨 연유에선지는 자신도 몰랐다. 그저 본능이 시켰을 뿐.

그리고 그 순간. 몸 내부에서부터 기묘한 변화가 일어났다.

[조건 완료:???]

-앞으로 하나의 조건을 더 충족하면 포밍 몬스터가 '라이칸슬로프'로 변화합니다. (2/3)

- '신성'을 섭취함으로 인하여 알 수 없는 능력이 해금됩니다.

-이제 '나약한 바다 괴수'로 포밍을 할 수 있게 됩니다.

-수면아래에서도 뭍에서처럼 움직이고, 호흡을 할 수 있게 됩니다.

-패시브 스킬 '물의 지배자(등급 F-)'를 습득합니다.

-패시브 스킬 '레비아탄의 비늘(등급 F-)'를 습득합니다.

속이 뜨겁게 끓어오르는, 그런 느낌이었다. 그래서 떠오른 알림창을 훑을 여력도 없었다. 그저 어서 집으로 돌아가야겠다는 생각뿐이었다.

용케도 유세정에게 부탁할 이성이 남아 있었다. 당장 집으로 가야겠다고 말하자, 그녀는 당황하면서도 차를 불러주었다.

차에 올라탄 이후로는 기억이 없었다.

끓어오르는 속을 부여잡으며 정신을 애써 부여잡다가 눈을 뜨니 집 안이었고, 그렇게 비몽사몽한 상태에서 인간으로 있을 수 있는 시간이 모두 다하니 흑색 늑대의 폼으로 변해 있었다.

그는 안도의 한숨을 내쉬며, 다시는 이상한 물건을 함부로 주워 먹지 않겠노라 다짐했다.

"……."

김유린이 눈을 떴다. 가장 먼저 그다지 익숙하지 않은 새하얀 천장이 보였다.

'기절했었나 보네.'

마나를 거의 바닥까지 박박 긁어서 사용했으니 당연한 결과다.

그녀는 뻐근한 몸을 가벼운 스트레칭으로 풀고는, 상반신을 먼저 천천히 일으켰다. 별 이상은 없고, 단지 허리가 살짝 땅겼다.

"……근데."

여긴 어디지? 그녀가 주변을 둘러보며 고개를 갸웃했다.

병원…… 이라기에는 너무 방이 커다랗고 고급지다. 그러나 병원이 아니라고 하기에는 팔에 꽂힌 링거와 약품의 냄새가 너무 진하다. 무엇보다 어느새 몸에 입혀진 환자복이 가장 결정적인 증거.

유린은 몸을 완전히 일으켜, 저 멀리 있는 문 쪽으로 슬슬 걸었다.

문고리를 잡고 밀자 부드럽게 열렸다.

……방이 하나 더 있었다.

"아, 일어나셨네요!"

거실(?)의 소파에 누워 있던 한 소녀가 불쑥 튀어나왔다. 유세정이었다.

"어…… 세정 씨? 여기는…… 어떻게 된 거예요?"

"병원이에요. 새벽병원 VVIP룸. 그건 그렇고 몸은 괜찮으신가요?"

"네, 저는……."

"편히 말하셔도 돼요!"

세정의 눈이 초롱초롱 반짝였다. 그 모습이 강아지마냥 귀여워, 유린은 살짝 풋 웃어버렸다.

"그럼……. 알겠어. 몸은 괜찮아. 근데, 나머지 사태들은 어떻게 됐어?"

그녀가 가장 먼저 궁금한 건 역시 다른 사태들이었다. 남산과 부산, 그리고 강원도에서 일어났다던 몬스터 소요사태에 관한 소식.

"조기 출동과 완벽한 대응으로 금세 진압하는 데 성공했어요. 이번 서울 한강에 출몰한 레비아탄도 유린 기사님 덕분에 큰 피해 없이 막아냈고요."

"……응?"

유린이 고개를 갸웃했다. 레비아탄 사태를 조기진압한 데에는 놈을 기절시킨 자신의 덕도 분명 있으나, 가장 결정적인 공로는 사냥꾼 김세진이다. 그러나 이 소녀는 왜 그의 이름을 언급하지 않는가…….

"그게 무슨 소리야? 그것보다, 세진 사냥꾼님은 어디 갔니?"

"세진 오빠는 사태가 끝나자마자 급한 일이 있다면서 집으로 가셨어요. 근데 그건…… 왜요?"

유세정이 약간 미묘한 눈빛으로 바라보며 묻자, 그녀는 뒷목을 긁적이며 대답했다.

"그…… 사실 김세진 씨가 큰 역할을 했는데…… 설마 언론도 내가 다 했다고 보도하고 있니?"

"……네? 세진 오빠가요?"

깜짝 놀란 세정의 등 뒤로, TV 뉴스의 소리가 들려왔다.

—레비아탄 사태를 막은 기사는 대한민국의 41번째 고위 기사 '김유린'으로 알려졌습니다. 김유린 기사는 연신 압도적인 무위를 선보이며 레비아탄이 난동을 부리기 전에 무려 두 차례나 제압, 기절시켜 도심의 피해를…….

"……허우."

유린이 기묘한 한숨을 내쉬었다.

전공의 누락. 김유린이 고위 기사로 재직하면서 가장 싫어하는 실수였다. 게다가 이건 어찌 보면 전공의 강탈, 자신이 가장 혐오하는 행위도 된다.

"……이거 정정을 좀 해야겠는데. 기자회견을 좀……."

"기자회견이요?"

유린이 고개를 끄덕였다.

"김세진 사냥꾼님의 역할도 컸거든. 레비아탄을 역소환시킨 건 김세진 님이었으니까."

전혀 몰랐던 사실이었기에, 유세정이 눈을 동그랗게 떴다. 그러다 그녀는 문득 떠올랐다는 듯 툭 내뱉었다.

"아, 근데 기자회견은…… 굳이 열 필요는 없다고 생각되어요."

"……응? 왜?"

유린이 어리둥절해하자, 세정은 진한 미소를 지으며 몇 발자국 걸어가 창문을 가리는 커튼을 움켜쥐었다.

"밖에 기자들이 깔려 있거든요."

그러고는 쏴아아아- 커튼을 걷는다.

순간 밤하늘을 수놓을 만한 다수의 불빛이 터져 올랐다. 커튼이 걷힌 걸 귀신같이 알아챈 기자들의 카메라 플래시였다.

"……."

유린은 멍한 표정으로 그 불꽃놀이를 바라보았다.

-위험을 무릅쓰고 한강의 밑바닥까지 용감하게 잠수해 레비아탄의 소환 마법진을 소멸시킨 건 김세진 사냥꾼입니다. 저는 그저 그의 보조를 했다고…….

TV에서 흘러나오는 유린의 인터뷰 영상을 바라보며, 세진은 한 손에 들린 핸드폰으로 누군가와 통화를 하고 있었다.

-죄송해요. 저도 이렇게 될 줄은 몰랐는데…… 그럼 핸드

폰을 아예 새로 사신 거예요?

"네, 근데 괜찮아요. 어차피 새 거로 하나 사려고 했으니까."

통화 대상은 지금 TV에서도 나오는 김유린. 그녀는 세진이 처한 상황을 알아차리고는, 유세정으로부터 물어 그의 새 핸드폰으로 연락해 왔다.

"그리고…… 뭐 기분 나쁜 것도 아니니까요. 오히려 좋죠, 저는."

김유린의 인터뷰가 몰고 온 파장은 꽤 컸다.

일단 실시간 검색어 1위에 등극하게 되었고, 인터뷰 요청이 물밀듯이 들어왔으며, 서울시에서는 표창장을 주겠다고 잠시 시간을 내달라고 요청했다.

또한 여러 기사단에서도 연락이 왔다. 전국 5~6위권 안의 기사단, 이른바 '명문 기사단'은 없었으나, 그 아래 순위의 기사단은 거의 전부.

그들은 모두 김세진에게 사냥꾼이 아닌 '기사'로서 일을 시작해 볼 생각이 없느냐고 물었다.

세진은 일단 모두 거절하고서, 핸드폰을 하나 더 샀다.

사실 이 새 핸드폰이 진짜 김세진 명의의 핸드폰이다. 저번 핸드폰은 하젤린이 자기 자신의 명의로, 세진에게 선물하다시피 한 핸드폰이었기에.

-그래요? 그래도…….

유린이 미안하다는 투로 뒷말을 흐렸다.

"아 정말 괜찮아요. 정 그러시면…… 나중에 밥이나 한번 사주세요."

-……그걸로 괜찮으세요?

"네, 물론."

-그러면, 서울…….

"아뇨, 서울은 제가 좀."

-그래요? 그럼 제가 다음 주에 강원도로 갈게요.

세진은 그렇게 유린과의 통화를 마무리 짓고는, 자리에서 일어났다.

오늘 할 일이 아직 하나 남았다.

이건 오랜 고심 끝에 내린 결정이다

그는 요선 알케미하우스로 찾아갔다.

"이 앞 건물이요?"

"네."

표면적인 목적은 알케미하우스 앞에 있는 건물의 임대.

하젤린은 대출까지 받아가며 알케미하우스의 앞 건물과 옆 건물을 구매했는데, 세진은 그 앞쪽 건물의 임대를 요청했다.

"어…… 근데 왜요? 일단 이유부터 들어보고요."

요 앞 건물은 아예 '고블린 연금술사 특별전'으로 꾸미려 했었기에, 하젤린은 살짝 꺼려하는 투로 되물었다.

"그……. 장비점을 좀 차리려고요."

세진은 괜히 긴장됐다.

아닌 게 아니라, 사실 세진은 오늘 하젤린에게만큼은 자신이 '오크 대장장이'라는 진실을 고백하려 했기 때문이다.

"아하! 그 세진 씨 친구 대장장이가 쓰시게요? 그럼 저야 환영이죠!'

"친…… 예? 뭐요?"

하젤린이 손뼉을 치며 살갑게 반응하자, 세진은 순간 어벙한 표정이 되었다.

"아…… 제가 감각이 좀 예민하거든요. 그때 그 공모 대회에서 흘러나오던 목소리랑 세진 씨 목소리랑 비슷하더라고요. 근데 목소리 닮은 사람은 얼마든지 있으니까 그러려니 했는데……."

"했는데?"

"그 이후로 이상한 사람들이 찾아오더라고요. 오크 대장장이가 사실 여자였을 줄은 꿈에도 몰랐다…… 뭐 그런 병신…… 이 아니라 조금 모자란 사람들이."

그 말에 세진이 뒷목을 긁적였다.

실책이었다. 공모 대회에 통화 연결이라도 해야 해서 어쩔 수 없었다지만, 비밀을 지켜주겠다던 방송국 놈들의 말을 곧이곧대로 믿어버렸으니…….

"그래서 그때 직감했죠. 세진 씨 친구가 오크 대장장이고, 개인적인 사정 때문에 모습을 못 드러내는 친구를 위해 세진 씨가 대신 그 '오크' 행세를 했다고."

거기까지 말한 하젤린은 의기양양하게 콧김을 내뿜었다.

그러나 그건 착각이다.

그는 그것을 바로잡아야만 했다.

적어도 단 한 명, 믿을 만한 사람에게는 자신의 진실을 알려주고 싶었다. 이 빌어먹을 신분을 평생 숨기고 다닐 수는 없고, 그럴 생각도 없으니.

"……하젤린 씨, 이건 제가 준비가 될 때까지는 비밀로 해주셔야 해요."

어쩌면 지금 자신이 쌓은 모래성 같은 인연 중, 가장 깊은 관계가 바로 하젤린이 아니던가.

고작 반년 동안이지만, 김세진의 일평생 동안 하젤린보다 오래 알아온 타인은 없고, 그녀는 -그것이 비록 투자의 의도라 하였더라도- 자신을 위해 큰돈을 서슴없이 빌려주었다.

만약 그게 비록 일방통행적인 신뢰이고, 하젤린은 자신을 그저 제품 중 하나로 취급하고 있다 하더라도.

지금 자신은 하젤린의 인맥과 능력은 물론, 터놓고 말할 수 있는 인연이 필요하다.

"네?"

갑작스레 진중해진 분위기에 하젤린이 눈을 동그랗게 뜨며 고개를 갸웃했다.

세진은 심호흡을 한번 하고서 다음을 이었다.

그리고 그날, 김세진은 능력 있는 다크엘프 마법사가 정말 우주 끝까지 놀라면 어떻게 되는 지, 두 눈으로 똑똑히 관찰할 수 있었다.

정말, 정말로 '폴터가이스트' 현상이 벌어졌다.

하젤린은 알케미하우스 삼 단 증축계획은 일단 미뤄두고, 앞 건물의 꼭대기 층을 오크의 장비점으로 만들었다.

오크의 장비는 굳이 광고를 때리지 않아도 살 사람이 줄을 설 것이니 괜히 1층에 차려서 사람이 득실거리는 것보다 철저한 예약제 주문제로 하는 게 마케팅에도 더욱 낫다고 생각했기 때문이다.

"……좋네."

일단 휑한 내부의 한쪽 벽면에, 세진은 '더 몬스터 소속 대장장이 ORK'라는 황금 명패를 걸어 놓았다. 지금은 도금이지만, 언젠가는 꼭 순금으로…….

"다 됐어요?"

그러는 와중, 어느새 하젤린이 다가와 물었다.

"네, 이제 직원만 있으면 되는데……."

"그건 걱정하지 마세요. 입 무거운 다크엘프 하나 준비해 뒀으니까요. 그것보다, 주문은 있어요?"

"그럼요. 상품-중급 이상이면 최소 30억 이상으로 사겠다고 새벽 기사단이 말해왔어요. 지금 주문자가 너무 많아서, 대기표를 주고 있다네요."

13장
작은 발자국

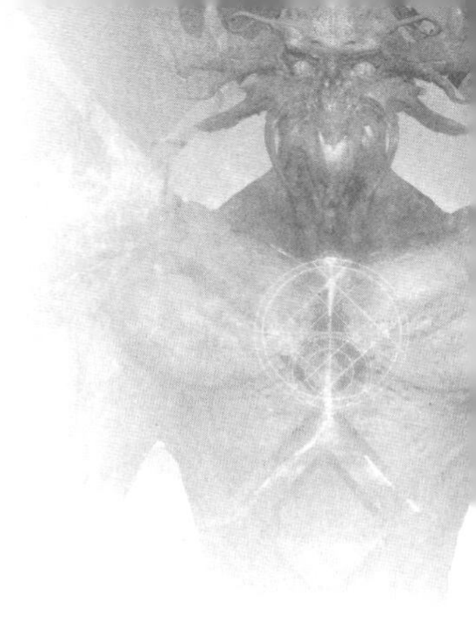

"……어머."

오크's 블랙스미스. 일명 '오크의 대장간'–이름은 대장간이지만 무기점이나 다름이 없다–이 꼭대기 층에 입점한 건물의 1층은 일단 카페로 운용하기로 결정이 났다.

근처의 알케미하우스 혹은 오크를 찾는 고객들이 대기하는 시간 동안 할 일이 없으면, 1층에 있는 카페를 이용할 것이라는 추측 때문이었다.

그리고 하젤린의 그 생각은 완벽히 적중했다.

지금, 기사들이 한창 사냥으로 바빠도 모자라지 않을 정오. 카페 안에는 기사들로 득실거렸다.

얼굴만 봐도 누군지 알 수 있는 중상급이상의 기사는 없었으나, 그보다 한 급간 아래. 그러나 실전전력 축에 드는 중하급~중급 기사들은 무척 많았다. 대충 머릿수만 세어도 80은 족히 넘어갈 법 하다.

아직 초창기일 뿐이지만, 하젤린은 이 사업이 예상보다 훨씬 성공할 것 같다는 예감이 들었다. 그녀는 잠시 눈을 감고 주변의 대화 소리에 귀를 기울였다.

"와…… 기사들 진짜 많네. 다들 배지도 안 꿀리는데? 오. 칠흑도 있네?"

모든 기사단에는 저마다의 상징이 새겨져 있는 배지가 존재한다. 이 배지는 그 기사가 어느 기사단의 소속인지를 알려주는 명함이 된다.

"그러게. 경쟁 심하네. 난 내가 무기 사려고 면접까지 봐야 될 줄은 꿈에도 생각 못 했다야."

여기사는 불평 아닌 불평을 하며 커피를 홀짝였다.

"그래도 좋네. '오크 대장장이가 만든 무기의 주인이 되려고 면접을 봐야 합니다~'라면서 하루 쉴 수도 있고."

"푸흡. 그러게. 나 이걸로 반차 내줄 줄은 꿈에도 몰랐는데."

"그래, 근데 뭐…… 물론 이 대장장이가 대단한 것도 있겠지만, 그만큼 우리 무기가 구리다는 거 아니겠니."

그들은 모두 꼭대기 층인 '오크 블랙스미스'의 면접을 기다리는 중이었다.

물건을 구매하기 위해 면접을 보다니, 조금 이상한 말이지만 어쩔 수 없었다. 그 공급에 비해 수요의 수가 워낙 많았기에. 그래서 직원은 '무기의 주인이 되기 위한 면접으로 생각해 달라'며 기사들을 타일러야만 했다.

그만큼 이번 공모 대회로 인해 기사들 사이에서 오크 대장장이의 명성은 드높아졌다. 지금은 아직 혜성처럼 반짝 등장한 신인이지만, 곧 그 누구보다 거대한 기라성이 되어 하늘을 찬란히 수놓을 것이라며.

"중급 기사 주지혁 님?"

그때 카페의 뒷문으로 직원이 한 명 들어와서 기사를 호명했다.

"네, 접니다!"

그에 남자 기사가 벌떡 일어나며 크게 소리쳤다. 배지를 보아하니 새벽 기사단 소속인 듯했다.

"기사님 차례입니다."

"옙!"

주지혁이라 불린 남자는 여직원을 뒤따랐다.

우우웅-

엘리베이터에 올라탄 주지혁의 자세는 굉장히 불편했다.

굳이 특별한 것이 없음에도, 엘리베이터 내부의 진동이 괜히 고급스럽게 느껴졌다. 심장도 콩닥콩닥 뛰었다.

기사에게 무기는 어쩌면 평생을 함께할 연인과도 비슷

하다. 일평생 동안 함께할 수 있을 정도로 자신과 잘 맞는 무기는 찾기 어렵고, 또 있다 하더라도 쟁취하는 데 많은 희생을 필요로 한다. 그렇기에 자신이 이렇게 긴장을 한 것은 당연하다…….

그렇게 생각하며, 주지혁은 자신의 마음을 애써 추슬렀다.

띵-

금세 꼭대기 층에 도착한 엘리베이터의 문이 스르르 열렸다.

"……."

꿀꺽-절로 침이 삼켜졌다. 내부를 보니 그랬다. 별다른 장식은 없었다. 그저 서늘한 회색벽지가 온 사방으로 도배되어 있었을 뿐. 그러나 오히려 그것이 이상한 위압감을 주어, 어깨가 절로 움츠러들었다.

김세진이 이 벽지에 특수한 '성질'을 부여했음을 모르는 기사는, 역시 오크 대장장이는 다르구나-따위의 감탄을 하며 발걸음을 옮겼다.

그렇게 사방을 둘러보던 주지혁은 문득 하나의 명패를 발견하게 되었다. 그리고 눈알이 튀어나올 정도로 놀랐다.

번쩍번쩍 노랗게 빛나는 명패에 새겨져 있는 글자는…….

'단체 더 몬스터 소속 대장장이, 오크의 대장간.'

"따라오시면 됩니다."

멍하니 입을 벌린 채 명패를 바라보던 주지혁이 직원의 말에 정신을 차렸다.

"아…… 예!"

직원의 안내를 받아 어느새 도달한 '책임자실' 문 앞. 이곳에는 분명히 그 유명한 대장장이 오크가 기다리고 있으리라…….

"참고로 면접은 대장장이님이 아니라 단체장님이 보실 거예요~"

"……아, 그렇군요."

단체장이라 함은 중급 사냥꾼 김세진을 의미하는 것일 터. 그는 비록 사냥꾼이긴 하지만, 요즈음 무시 못 할 인물이 되어간다 들었다. 결코 쉽게 볼 인물이 아니다.

"그럼, 이제 들어가시면 되어요."

주지혁은 고개를 끄덕이고서 책임자실의 문고리를 쥐었다.

"만약 제가 오크 님의 무기를 받게 된다면, 그 어느 누구보다 소중히 다룰 자신이 있습니다. 최소 하루 세 번 무기의 상태를 점검하고……."

새벽 기사단 소속 중급 기사, '주지혁'은 지금 자신의 인생이 걸린 면접이라도 보고 있는 양. 잔뜩 긴장한 얼굴과 곧은 자세로 자신의 앞에 앉은 남자를 마주했다.

"……그래요? 그럼 주로 쓰는 무기의 종류가 뭔지 알 수 있을까요?"

지금 이곳 책임자실에서는 뜻밖의 면접이 벌어지고 있는 중이었다.

면접관은 당연히 김세진이고, 그간 거쳐 간 피면접자는 여러 중급~중하급 기사들.

사회적 지위와 체면이 있어 갈 길이 아주 바쁘신 중상급 이상의 기사님들은 서면을 하나, 특히 간절한 분은 여러 장 보내는 것으로 끝냈지만, 그 미만의 기사들은 이렇듯 장비점까지 직접 찾아왔다.

"저는…… 양손 검, 그중에서도 '츠바이한더'를 주로 사용합니다. 근데 이 무기가 만들기 어려운 건지, 아니면 여태 제 무기를 만들어온 대장장이의 실력이 그저 그런 건지는 모르겠습니다만, 대부분이 보통 5회 정도 사냥을 나가거나, 균열 탐색을 한 번만 끝내면 부러지고 말았습니다."

요즈음 무기 가뭄의 실정을 알려주는 말이었다.

능력이 조금이라도 있으면 멋지고 돈도 잘 버는 업종-대표적으로 기사나 마법사-이나 되려하지, 그 누구도 험난한 대장장이의 길을 추구하려 들지는 않았다.

그러면서도 기사들은 근 5년 전까지는 대장장이를 아주 천시하여, 있던 대장장이마저도 일을 접게 만들었다. 최근에서는 상황의 심각성을 깨닫고서 저자세로 나오고 있지만.

"심할 때는 균열탐색 도중에 부러져서 아주 곤란했던 적도 있고요."

"그래요? 근데 츠바이한더면 가격이 꽤 비쌀지도 몰라요."

츠바이한더는 양손검 중에서도 그 생김새가 특히 흉악한 대검(大劍)이다. 만약 이 남자가 무기의 주인으로 채택이 된다면, 마나의 양이 빠듯한 세진에게도 꽤나 어려운 도전이 될 터.

"아, 괜찮습니다! 물론 알고 선택한 겁니다. 그리고 자랑은 아니지만, 저희 기사단에는 기사 대출 시스템이 아주 체계적이고 합리적으로 잡혀 있어서…… 하핫!"

순박한 시골 청년처럼 생긴 남자는 웃음마저도 순수했다.

세진은 피식 웃고는, 알았으니 돌아가 보라 말했다.

"아, 혹시나 심사에서 탈락하셔도 너무 상심하지는 마세요. 아시다시피 지금 찾아온 기사분들이 너무 많아서, 그분들의 무기를 모두 일일이 만들어드릴 수는 없는 노릇이라……."

"괜찮습니다! 평생 쓸 무기를 구하는 건데, 탈락해도 다시 와야죠!"

중급 기사정도면 그래도 꽤 짬이 있는 등급임에도 불구하고, 남자는 마지막까지 겸손한 태도를 유지하며 떠났다.

그렇게 한 명의 기사가 떠났으나, 쉴 틈도 없이 직원이 들어와 다음 예약을 확인해 주었다.

세진은 인간으로서 있을 수 있는 남은 시간을 슬쩍 확인했다.

약 2시간. 앞으로 20명 정도는 더 받을 수 있겠다 싶어, 들여보내라 대답했다.

바쁘지만 이상하게 기분이 좋았다.

요즈음, 기사단에는 소문 하나가 알음알음 퍼졌다. 오크 대장장이가 단체 '더 몬스터'에 가입했다는 소문.

아직 단체명부에 오크 대장장이의 이름이 올라가지는 않았지만, '오크's 블랙스미스'에 직접 방문한 기사들이 벽에 걸린 명패를 보고 놀라 동료 기사에게 전한 것이 그 소식의 시발점이었다.

"그래도 다행이네요. 우리는 김유린 기사님이 그 단체장이랑 연이 있어서."

"……어?"

그리고 지금 여기는 김유린이 주축으로 있는 칠흑 기사단 1팀의 회의실, 한 시간의 피 튀기는 회의 끝에 찾아온 쉬는 시간.

기사들이 피로를 풀기 위한 잡담을 하던 도중, 별안간 불똥이 유린에게로 튀었다.

"맞다. 그랬었죠? 다행이네요. 다른 기사단의 머리들은 어떻게 하면 자연스럽게 닿을 수 있을까 고민하던데. 아, 맞다. 기사님, 저 무기가 요즘……."

여기사는 짐짓 불쌍한 표정을 지으며, 이가 살짝 빠진 장도(長刀)를 검집에서 뽑았다.

"……."

유린이 기가 막힌다는 표정으로 바라보자 슬그머니 다시 집어넣긴 하였지만, 그 은근한 기대만큼은 진짜였다.

"……안 그래도 식사 약속 있으니까 한번 물어는 볼게."

"와, 정말요?!"

"오!"

"……."

다른 기사들은 호들갑을 떨었지만, 김수겸만큼은 예외였다. 그는 뭐가 그리도 불만스러운지 뚱한 표정을 유지했다.

"……풉. 기사님, 얘는 기사님이 다른 남자랑 밥 먹는 게 고까운가 봅니다? 새파란 중급 기사에 잔뜩 어린놈이, 감히 고위 기사님을……."

"아, 아닙니다!"

그 안색을 캐치한 여기사가 놀리듯이 말했고, 김수겸은 그제야 얼굴이 벌게져서는 손을 마구마구 휘저었다.

"……그만 놀려. 수겸이 얼굴 터지겠다. 그리고 나한테 기대지 말고 너희가 먼저 찾아가. 무기가 어디 하루아침에 만들어지나……."

"에이…… 그래도 명색이 중상급인데 어떻게 신인 대장장이를 직접 찾아갑니까. 물론 명품이나 제 마나를 견딜 수 있는 상급-상품 이상을 만들어 준다면야, 저도 직접 찾아가서 무릎이라도 꿇고 싶지만, 그건 저뿐만 아니라 칠흑 기사단의 자존심과도 관련이 있다고요."

여기사는 잠시 말을 끊고는 미간을 살짝 좁혔다. 생각만 해도 짜증난다는 듯.

"고위 기사님처럼 그 대장장이의 보스와 개인적으로 만나는 거 아니면 안 돼요. 잘못해서 SNS에 퍼지면 새벽이나 고려애들한테 놀림 당할 수도 있다니까요. '무기가 급해 갓 데뷔한 대장장이를 버선발로 찾아간 중상급 기사 이혜린' 뭐 이렇게."

"너…… 후우."

그런 태도 때문에 대장장이 수가 줄어든 거잖아.

그러나 유린은 뒷말을 내뱉지는 않았다.

이 여기사의 말이 완전히 틀린 말은 아니었기 때문이다. 아닌 게 아니라, 요즈음 기세가 등등해진 새벽 쪽이 시비를 거는 일이 잦아졌다.

연예계 쪽에서도 유명한 새벽의 기사가 새벽 기사단 내부에서 찍은 셀카를 올리면서 #(해쉬태그)를 '한국최고의기사단에서'라는 식으로 칠흑의 심기를 건드린 일이 논란이 되었고, 물증은 없지만 여러 포털 사이트와 SNS등지에서 댓글 알바가 활동하고 있는 것은 거의 확실하다.

그런데 중상급 기사가 데뷔한 지 반 년도 안 된 대장장이를 찾아간다면 분명 나쁜 소문이 돌 가능성이 크다. 중급과는 한 글자 차이지만 강함과 지위는 '격'이 다르다. 중급 기사가 그저 실전용 전력이라면, 중상급 이상의 기사는 기사단의 최고 핵심 전력.

물론 그런 기사가 대장장이를 직접 찾아간 일이 아예 없지는 않다. 그러나 그것은 그 대장장이가 '명인'이나 '장인'이어서 다 만들어진 무기를 받으러 갈 때의 이야기.

오크 대장장이가 지금 갑자기 유명해졌다 해도, 아직 장인도 되지 못한 신인에 불과하다. 또한 지금 특히 이목을 끄는 것도 한 달에 최소 두 개의 무기를 만들겠다는 지킬지 안 지킬지 모르는 물량 공약 때문.

지금 이혜린 기사가 그런 걱정을 하는 것도 무리는 아니지.

이건 어쩌면 자존심싸움이다. 새벽 기사단의 중상급 이상이 먼저 그쪽을 찾아갈 때까지 자존심을 지키는 것.

하등 쓸모가 없지만, 기사들은 언제나 그래왔다.

"어쨌든. 너무 기대는 하지 마. 나도 무리한 부탁은 못하니까."

"네~"

"그럼 이제 다시 회의 시작한다."

"아앗! 10분밖에 안 지났는데요!"

"시끄러."

'물의 지배자'라는 패시브 스킬은 꽤 편리했다.

"오오. 따뜻해졌다."

너무 실용적으로 쓰고 있는 게 흠일 정도로.

세진은 욕조에 담아 놓은 찬물의 표면에 피부를 접촉함으로써 그 온기를 바꾸었다. 몸에 딱 좋은 따뜻함으로.

이게 바로 F-등급 패시브 스킬 '물의 지배자'의 능력, '등급에 따라 물을 자유자재로 다룰 수 있다'의 활용법 중 하나.

물의 온도를 순식간에 바꾼다.

아직은 커피를 타먹거나 라면을 끓여먹거나 지금처럼 목욕을 하는 것 밖에 안 되지만…… 분명 등급이 높아지면 다른 활용방안이 있을 거라 기대하고 있다.

"끄으."

만족스럽게 욕조 속으로 가라앉은 세진은 문득 '나약한 바다 괴수'에 관한 생각이 들었다.

'……지금 한번 해볼까.'

포밍 몬스터가 하나 늘어나긴 했지만, 왠지 어감이 좋지 않아 여태 썩혀 두고 만 있었던 것. 왠지 오늘 기분이 좋아, 한번 해볼까, 싶었다.

"……흠."

결정한 그는 나약한 바다 괴수로 포밍했다.

빛이 번쩍이고 불꽃이 펑-터지는 유별난 효과는 없었다. 단지 갑자기 키가 줄어들고, 온몸에 털 같은 비늘이 오돌토돌 자라났을 뿐.

"……."

나약한 바다 괴수로 변한 김세진은 멍하니 천장에 있는 거울을 바라보았다.

'……이게 괴수야?'

괴수라기에는 너무…… 귀여웠다.

커다랗고 올망졸망한 눈망울에는 물기가 잔뜩 머금어져 있고, 온몸에는 흰색 말랑말랑한 비늘이 덧대어져 있다. 그 탓에 눈사람처럼 하얀 몸체는 게다가 쓸데없이 앙증맞다.

그러니까…… 전체적으로 보자면 새끼 하프물범처럼 생겼다.

단지 외모만으로도 보호 욕구를 일으키는 귀여운 동물.

이건 절대 괴수가 아니다.

'……'

세진은 저도 모르게 손을 들어 자신의 볼을 만졌다.

빵빵하게 불어터진 양 볼은 그만큼 귀여웠다.

"낑?"

입을 통해 나오는 소리도 강아지 같았다.

'뭐야 얘?'

그는 순간 당황하고 말았다.

김유린과의 식사 당일, 김세진은 패션잡지까지 뒤져가며 옷차림에 최선을 다했다. 최선이라 해도 그냥 거기에 있는 그대로를 입었을 뿐이지만…….

'……괜찮네?'

이상하게도 생각보다 괜찮았다. 이건 무조건적인 자기미화나 나르시즘이 아니다.

무슨 이유인지는 모르겠지만 일단 인간 김세진의 키가 2㎝나 더 자라 183㎝이 되었고, 골격도 전체적으로 넓어져 대충 걸쳐도 옷걸이가 사는 체격이 되었기에.

'근데 이상하네, 진짜.'

그는 왠지 날카로워진 것 같은 턱선을 손가락으로 훑으며 가벼운 의문을 품었다. 정말 희미하게나마 얼굴까지 변한 듯한 기분이다.

'……왠지 늑대로 인간화했을 때랑 닮아가는…….'

─우웅

그러나 책상 위에서 핸드폰의 알림이 울렸기에, 그 생각은 오래 이어지지 못했다.

[전 곧 있으면 도착합니다. 김세진 씨께서는 어디이신가요?]

김유린의 지극히 사무적인 문자였다.

대충 답장을 적어 넣은 세진은 핸드폰을 품에 넣고서 집 밖으로 나갔다.

먼저 도착한 김유린은 레스토랑 내부에서 세진을 기다렸다. 아무거나 좋으니 먼저 주문을 해놓으라는 그의 문자에 따라 일단 주문을 넣자, 때마침 핸드폰으로 전화가 걸려왔다.

김세진인가 싶어서 들어보니 3팀 팀장 채영호 수석기사였다. 수석기사는 상급 기사에서 나뉘는 직책 중 하나로, 상급의 머리 격이다.

"……아 씨."

그 이름 석 자가 적힌 액정을 보자마자 순간 미간이 팍 좁혀졌다.

채영호.

직책은 고위 기사인 자신이 더욱 높지만, 그 경력이 무려 25년이나 되는 탓에 함부로 대할 수 없는 인물.

거기에 이 작자는 자신의 경력을 십분 활용한 정치질을 하기에 정말 상대하기 껄끄러운 인간 중 하나다. 같은 기사단 소속이라지만 정말 싫은 사람.

"여보세요."

그냥 무시할까 고민도 했지만, 그냥 받았다. 어차피 안 받으면 직접 찾아올 거. 괜히 얼굴을 보게 되는 불상사보다 통화로 끝내는 게 훨씬 낫다.

—어. 유린아. 들었다. 김세진 단체장을 만나러 간다면서?

첫마디부터 한숨이 팍 흘러 나왔다.

등급은 분명 이쪽이 높음에도 호칭이 언제나 저렇다. 유린아, 김유린이 등등…….

거기에 기분 나쁜 태를 보이면 '내가 13살 때부터 너를 알아왔는데……'의 무한반복. 알아오긴 무슨. 견제만 주구장창 했으면서…… 그래도 자신의 아버지와도 동기라 뭐 어떻게 할 수가 없다.

"……만나는 중입니다."

그래서 요즈음은 그저 나이가 벼슬이지, 한탄하며 체념할 뿐이었다.

—통화가 가능한걸 보면 아직 미팅 중은 아니지 않느냐. 근데 김세진이와 약속이 잡혔으면 좀 먼저 얘기를 해주지 그

랬냐? 우리 팀 애들 요즘 장비 상황 심각한 거 알면서. 영진이는 이 주 전에 산 무기가 부러졌단다.

"……영진 기사는 중상급 기사 딱지 단 지 2년도 안 됐잖습니까. 원래 그때는 그게 일상이에요. 아시면서 왜 그러세요."

-허어…… 너는 그게 문제다 유린아. 우리가 이렇게 기다리는 걸 당연하게 생각하니까…… 크흠. 일단 거기가 어디냐? 나도 한번 가보는 게 좋을 성싶다. 아무렴 우두머리 격이 두 명이나 오면 그 김세진이도 좀 더 기뻐하지 않겠냐. 그런 될성부른 떡잎은 처음부터 관리해 줘야 돼.

결국 의도는 이쪽이었다.

물론 상급 기사까지 될 정도로 소싯적에는 뛰어났다하지만, 별다른 특성이 없어 노화로 인해 본신의 실력이 떨어진 이후로는 이렇듯 연명은 인맥을 통해서…….

그러나 그런 만큼 채영호의 인맥은 어마어마하다. 칠흑 기사단 내에서 이따금씩 불화를 일으킨다 하더라도, 아버지가 내치지 못하는 이유가 바로 거기에 있다.

채영호라는 사람의 인맥을 설명하는 문장은 '트릴로지의 창단멤버', 이걸로 종결.

—게다가 김세진이는 고블린 연금술사와도 연이 깊다면서? 그러면 너 혼자로는 안 된다. 근데 유린아? 거기가 어디냐니까? 왜 답이 없는 게냐?

"……아 그러니까 여기가 어디냐면요."

때마침 레스토랑의 문에서 찰랑—하는 종소리가 울렸다. 유린의 눈이 그쪽을 향해 번뜩였다.

김세진이었다.

"어, 오셨다! 잠시만요!"

—왔다고? 아니 잠…….

그 즉시 유린은 전화를 끊어버렸다.

그녀는 김세진을 맞이하기 위해 자리에서 일어났다. 저기 저 남자는 꽤 멀리서도 눈에 띄었다. 일단 체격 자체가 워낙 좋으니.

"기다리셨어요?"

그가 미소를 지으며 자신의 앞자리에 앉자, 예의 향기가 쏴아아 몰려왔다.

"아니요. 저도 방금 왔습니다."

그녀 또한 미소로 화답했다.

어색하리라는 예상과는 달리 이야깃거리는 충분히 많았다. 어떻게 레비아탄의 소환진을 발견했느냐, 대장장이가 단체 더 몬스터에 소속된 게 확실한 사실이냐, 앞으로는 어떻게 할 생각이냐, 고블린 연금술사는 칠흑 기사단을 싫어하느냐 등등.

김세진은 모두 솔직하게 말해주었고, 덕분에 식사 시간은 30분에 불과했지만 실속은 확실했다.

"단체 가입은…… 아무래도 힘들 것 같아요."

그렇게 화기애애한 식사를 마친 후. 레스토랑 밖에서 유린은 어렵사리 거절을 전했다.

"……그래요? 아쉽지만 뭐 어쩔 수 없죠. 그리고…… 이거. 받으세요."

그러나 세진은 기분 나쁜 내색 하나 없이 겸허히 받아들였다.

아니, 오히려 그녀에게 선물을 건넸다.

오직 그녀를 위해 만든 선물이었다. 오크의 단조는 금속이 아닌 다른 원자재에도 활용이 가능했기에.

"이건 뭐예요?"

유린은 어리둥절한 표정으로, 어느새 자신의 품에 안겨진 박스를 바라보았다.

"선물이요. 칠흑 기사단과 저희의 돈독한 관계를 위하여."

"예? 아…… 근데 고맙긴 한데…… 저는 뭐 준비해 온 게 없는데."

그녀는 혹시라도 뭔가 있을까 싶어 주머니를 뒤적였지만 있을 턱이 없었다.

"괜찮아요. 싼 거니까. 아 그리고 이것도."

그 모습을 흐뭇하게 지켜보던 그는 이내 품속에서 한 장의 종이를 꺼내 그녀에게 건넸다.

"이건 또 무슨……."

평범하지 않은 코팅까지 되어 있는 이 종이는 오직 '마나'로만 글씨를 쓸 수 있게 되어 있었다. 아주 특별한 계약서에만 사용되는 보안방식이다.

"……무기 신청서?"

유린은 종이에 적힌 글자를 멍하니 읊조리다가, 순간 퍼뜩 놀란 표정이 되어 고개를 치켜세웠다.

"네, 유린 씨가 직접 쓰시거나, 마음에 드는 부하 분한테 주세요. 그냥 전투 스타일이 어떻게 되는지, 어떤 무기를 원하는지 적어놓으시고, 작성 완료되면 저한테 보내주세요. 그러면 제가 대장장이에게 전해 줄게요."

"어…… 괜찮아요? 그……."

세진 씨는 대장장이가 아니잖아요. 그러나 유린은 뒷말을 삼키고서 휘둥그레진 눈으로 그를 바라볼 뿐이었다.

“괜찮아요. 대장장이가 유린 씨 팬이라서, 하나 정도는 이렇게 만들어 줄 수 있대요.”

“와…… 네, 감사합니다. 그분께도 정말 감사드린다고 전해주세요.”

정중히 고개를 숙이고서, 유린은 ‘무기 신청서’를 아주 소중히 코트의 품에 집어넣었다.

혜린「그거 저주세요!」

승호「아니 저요. 저 무기 지금 부서질락말락인데.」

혜린「너는 뭔데 끼어들어!」

집으로 돌아온 김유린은 가장 먼저 1팀의 단체 톡방에 세진이 건네 준 ‘무기 신청서’를 직접 찍어서 올렸고, 그 즉시 이런 난리통이 터졌다. 샤워를 하고 나오니 약 999+개의 메시지가 도착해 있었을 정도로.

유린은 흐뭇한 얼굴로 그 내용을 읽어 내려가다가, 별안간 근엄한 표정으로 문자를 하나 갈겼다.

「앞으로 일주일 간. 내부 랭킹전 순위가 최고로 높은 사람한테 이거 준다.」

반응은 빨랐다. 평소에는 대답하라고 별 발광을 해도 미적

지근하던 열한 명의 연놈들이, 0.1초 단위로 달려들어 왔다.

"어휴……."

안 될 놈들이야—덧붙이며 고개를 절레절레 내젓는 유린의 입가에는 미소가 머금어져 있었다.

"아. 맞다."

세진이 준 박스 선물이 그제야 떠올랐다. 이 종이 선물의 임팩트가 너무 컸던 탓에…….

"장비인가?"

유하린은 적당한 크기의 상자를 품에 안고 소파 위로 올랐다.

그러곤 별 생각 없이 뚜껑을 열었다.

"……."

유린의 머릿속이 잠시나마 멍해졌다.

상자 안에는 장비가 아니라, 무기가 아니라, 귀여운 하프물범 인형이 들어 있었기 때문이다. 아니, 자세히 보면 물범이 아니다. 비슷하긴 한데…… 털이 아니라 비늘이다.

어쨌든 너무 귀여웠다. 그래서 유린은 저도 모르게 그 인형을 껴안고 말았다.

그렇게 한참동안 인형을 품에 안고 나서야, 그녀는 상자 속의 카드를 하나 발견할 수 있었다.

—함께 있으면 마음이 편해지고 피로가 풀리는 마법 아닌 마법이 걸려 있습니다. 잠잘 때마다 곁에 두시면 좋을 거예요.

유린으로서는 평생 처음 받은 인형 선물이었다.

한 달이라는 시간이 흘렀다. 변화는 꽤 있었다.

먼저 김세진이 몬스터 상점의 공무원들의 아주 과장된 축복을 받으며 중상급 사냥꾼이 되었고, 단체등급은 D-에서 D등급으로 승급했으며, 오크는 약속대로 두 개의 무기를 더 출시했다.

하나는 상품-중급의 '츠바이한더'. 그때 찾아왔던 주지혁 기사의 몫이었고, 전사를 표방하는 주지혁 기사의 전투스타일에 최대한 맞게 '견고함', '파쇄', '가벼움', '피로 회복'이라는 최전선에 있으면 더욱 빛을 발하는 네 가지 성질을 부가했다.

무기를 직접 받고서, 금방이라도 눈물을 뚝뚝 흘릴 듯 울먹이는 주지혁의 모습은 꽤나 인상적인 동시에 보기 힘들었다.

다른 하나는 상품-상급의 장도(長刀). 이것은 김유린의 부하 기사라는 '이혜린'이라는, 근래 CF도 하나 찍은 유명 중상급 기사의 손에 들어갔다.

이 무기에 부가된 성질은 C등급 '굴절'. 이제 이 기사가 휘두르는 장검은 주인의 의지에 따라 휘어져 도저히 예측할 수 없는 방향으로 향하게 되었다.

이혜린 기사 또한 무기를 받고 아주 만족했는지, 바로 다음 날 무려 3장에 이르는 친필편지가 배달되었다. 무슨 이유에선지 자신의 셀카 사진과 친필 싸인에 전화번호까지 동봉한 채.

'곧 장인으로 승급할지도 모르겠네.'

그리고 지금, 세진은 인터넷의 반응을 보며 허허 웃었다.

이혜린과 주지혁이 SNS에 올린 사진은 큰 화제가 되어 국내뿐만 아니라 해외의 SNS로도 퍼져가고 있었다.

"……근데 이건 뭐야?"

아주 오랜만에 인터넷 기사의 댓글을 읽어나가는 중에 꽤 눈에 띄는 게 하나 있었다.

-나 아는 형이 칠흑 기사단 기산데, 김세진이랑 밥 먹으면 무조건 무기 준다는데? 무기 신청서라고 종이 하나 주는데, 거기에 쓰면 원하는 대로 무기 만들어 준대. 나 사진 찍힌 것도 봤음. [추천 539 반대 113]

ㄴ내 아는 형이 라이칸인데 니 찾아서 죽인대. 뱀파이어마냥 갈기갈기 찢어 죽인다는데, 어쩔 거냐?

ㄴ내가 현직 기사인데 그런 소문 진짜로 있긴 하다. 위에 놈은 그냥 정신병자같네.

ㄴㅇㅇ 같이 밥 먹으면 무기신청서 준다. 그거 사실임. 근

데 밥같이 먹기가 어렵지

'뭔 말도 안 되는 소리를 이렇게 사실처럼 써재껴놨냐.'

그래도 어느 정도는 귀여웠기에, 세진은 피식 웃으며 다음 기사로 넘겼다.

기사에게 무기가 중요한 이유는 비단 그것이 기사의 생명과 직결되기 때문만이 아니다.

'등급'을 척도삼아 표현되는 강함.

비등한 실력이라도, 아니 실력이 동등할수록 무기 하나에 강함이 차이 나고, 등급이 갈리게 된다.

그렇게 갈리게 된 등급은 기사의 모든 것을 결정짓는다. 연봉, 명예, 위신 등등…….

쐐아아악-

육중한 대검이 허공에 선명한 흔적을 새기며 내려앉았다.

이 흉악한 검격의 대상은 하나의 거북이.

그러나 이것은 한낱 거북이가 아니다. 빅-자이언트-터틀. 무려 '크다'라는 의미의 수식어가 두개나 붙은 거대하고 희귀한 거북이.

이놈은 거북이가 마나를 잘못 받아들여서 몬스터로 변질된 개체로, 그렇게 강력하지는 않으나 등껍질의 강도와 경도가 장난이 아니다. 게다가 무려 마나가 포함된 공격을 일정

부분 상쇄하는 일종의 면역 능력까지 있다.
그래서 등껍질이 무기나 장비의 자재로서 가치가 값비쌈에도 불구하고, 육체의 강함이 아닌 마나의 힘을 주력으로 사용하는 기사들은 그냥 보고 넘길 수밖에 없는 귀한 몬스터다.
"……오."
그러나 이번은 달랐다. 흑철로 단조된 주지혁의 츠바이한더는 놈의 등껍질을 아주 쉽게 도륙해냈다. 이것은 무기에 부가된 '파쇄'와 주지혁의 중검술 간의 시너지 효과.
"대박이네. 솔직히 너 특성 중검 마스터리라고 할 때는 그냥 평생 중급 기사로 처박혀 있을 줄 알았더니…… 무기 하나는 잘 얻었다야."
그 광경을 모두 지켜본 동료 기사가 약간 시기 어린 말과 눈빛을 보내왔다.
그러나 주지혁은 뒷목을 긁적이며 파괴된 거북이의 등껍질을 주섬주섬 모을 뿐이었다.
'중검 마스터리', 주지혁의 특성이다.
양손검으로 대표되는 무거운 검을 다룰 때, 별다른 훈련 없이도 최상의 위력과 실력을 발휘할 수 있게 만들어주는 완성형 특성. 그래서 주지혁은 특성을 얻은 지 고작 일주일 만에 기사가 될 수 있었다.
그러나 좋은 건 오직 처음뿐. 무기에 심히 영향을 받는 이 스킬은 하나의 한계와도 같았고, 주지훈은 약 5년 동안 중급 기사에 정체되어 있었다.

이 '오크의 츠바이한더'의 주인이 되기 전까지는.

"하하…… 그러게."

"야, 근데 그거 우리랑 제휴 맺은 쪽에 팔 거지? 지금 연락한다?"

"아니."

주지혁이 핸드폰을 꺼내 들려는 동료 기사를 제지했다.

"이건 내가 따로 주고 싶은 사람이 있어서."

"……그러냐? 그럼 뭐…… 근데 누구한테 팔 건데?"

동료 기사의 물음에, 주지혁은 씨익 미소를 지었다.

"아니, 파는 게 아니라, 보답을 해야지."

"……뭐? 그 오크 대장장이한테 줄라고? 이 비싼 걸?"

"비싸니까 드려야지."

빅-자이언트-터틀이 워낙 희귀한 몬스터인 탓에, 이 등딱지의 그램 당 가격은 거의 순금과 맞먹는다. 그러니 이건 당장 팔아도 억 단위는 가볍게 받을 수 있는 일종의 '아이템'이란 뜻.

"진짜로?"

동료 기사가 기가 막힌 표정이 되어 다시금 물어왔다. 집도 가난한 놈이 이런 귀한 물건을……

"응."

그러나 주지혁은 얼굴에 미소를 띠운 채, 가볍게 고개를 끄덕일 뿐이었다.

인터뷰 요청이 참 많이도 들어왔다. 약 50여 군데, 김세진은 대한민국에 언론사가 이토록 많은지 처음 알게 되었다.

세진은 처음엔 모두 거절하려다가, 그래도 오크 대장장이가 언론에 구타당한 전력을 떠올리고선 개중 이름이 알려진 언론사 네 군데의 인터뷰를 허락했다.

한데 그것도 고역이었다. 물론 어느 정도 이해는 간다만, 뭐 그리 궁금한 게 많은지…… 한 언론사 최소 30분 이상이 소요되었다.

게다가―물론 그냥 아무 생각 없이 건넨 가십성 질문이었겠지만―한 기자는 '라이칸'과의 접점을 묻기도 했다.

라이칸은 라이칸슬로프의 줄임말, 비록 사람의 한 종족이라지만 라이칸슬로프는 몬스터와 관계가 어느 정도는 있으니까.

"아! 그러면 정말, 정말 마지막으로, 요즘 핫 하게 떠오르는 단체 '더 몬스터'의 신입을 뽑을 생각은 없으신 건가요? 뭐 공채라든지 특채라든지. 아닌 게 아니라, 요즘 많은 사냥꾼이나 기사들이 세진 씨의 단체를 가입 대상으로 눈여겨보고 있지 않습니까?"

이게 벌써 4번째 마지막 질문이다. 마지막에도 단계가 있는지 심히 의심될 지경이지만, 그래도 세진은 꿋꿋이 미소를 지으며 대답을 했다.

"예, 아직은 없습니다. 아무래도 제가 낯을 많이 가리는 스타일이라……."

"아하. 그럼 이 단체에 가입하기 위해서는 가장 먼저 세진 씨와 친해져야겠군요?"

"예? 아……. 네, 뭐. 그렇다고 볼 수 있겠죠."

다행히도 이번 질문이 정말 마지막이었다. 기자는 인터뷰에 응해주셔서 감사하다며 고개를 꾸벅 숙이고선 떠나갔다.

이제는 인간으로 있을 수 있는 시간이 정말 빠듯하다. 그가 부랴부랴 집으로 돌아갈 채비를 갖출 때, 누군가가 책임자실의 문을 노크했다.

"누구지?"

-유프라스입니다.

"……들어오세요."

유프라스는 하젤린이 꽂아 넣은 오크 무기점의 직원 중 한 명이다. 직함은 직원을 책임지는 매니저. 그 서양식 이름답게 종족은 엘프고 콧대가 아주 높으시다.

"무슨 일이죠?"

"주지혁이라는 기사가 선물을 보내왔습니다."

유프라스는 정중하고 예의 넘치는 자세로 상자를 집무책

상 위에 올려놓고는, 등을 보이지 않고 뒷걸음질로 빠져 나갔다. 엘프가 상급자에게 보이는 예우라나 뭐라나.

"……선물?"

세진은 그 검은 상자를 들여다보다가, 이내 별생각 없이 뚜껑을 들어올렸다.

'등딱지?'

내용물은 꽤 의아했다. 선물로 왜 이런 걸…… 그러나 뒤이어 떠오르는 정보창이 세진의 무지를 깨우쳐 주었다.

'잠재 강도 등급이 B+네?'

잠재 강도 등급은 이 재료가 등극할 수 있는 강도의 최고치를 말한다. B+면 아다만티움의 바로 아래 격.

이 등딱지에 더해, 주지혁은 자필 편지까지 동봉해 왔다. 이 무기 덕분에 자신의 생활이 어떻게 변했는지, 그래서 얼마나 감사한지.

'좋은 사람이네.'

편지를 다 읽은 김세진은 무언가 오묘한 표정이 되었다.

이렇듯 절절한 진심이 느껴지는 감사는 그 생애 평생 받아본 적이 없었다.

가장 혹독한 추위의 계절, 1월.

대부분의 사람들은 추위 때문에 밖에 나가기도 싫어하는 1월은, 기사들에게는 가장 바쁜 달이다. 반년에 한번 있는 승급시험은 물론, 기사단과 기사단이 명예를 걸고 격투를 하는 '기사격전', 그리고 겨울날에 꼭 한 번은 있을 '몬스터 웨이브'까지 신경 써야 하기 때문이다.

거기에 기사격전의 경우에는 5년 전부터는 생방송으로 중계되는 바람에, 기사들에게 아주 많은 부담이 되어버렸다. 몇몇 관심을 즐기는 기사들은 오히려 제 끼를 뽐낼 기회라며 좋아하지만.

-……벽이 느껴지네요.

그리고 그 탓에, 방학 동안 편히 쉬고 있어야 할 학생은 기사가 되어 혹독한 훈련에 매진하고 있었다.

"벽? 무슨 벽."

-왜 그런 거 있잖아요. 넘을 수 없는 벽. 요즘은 레벨 업도 더디…… 아.

순간 핸드폰 너머의 유세정이 말을 멈췄다. 기나긴 훈련을 끝마치고 온 탓에, 잠시 정신이 늘어져 있기에 가능했던 실책.

"너 특성이 레벨 업이었어?"

-……네, 아 근데 뭐. 오빠는 알아도 되긴 한데…… 그래도 다른 사람한테는 비밀, 비밀로 해주세요?

김세진이 알겠다 대답하자, 그녀는 다시금 푸념을 늘어놓았다. 아직 성년도 되지 않은 아이가 기사라는 이유로 하루 14시간 동안 혹독한 훈련에 매진하고 있으니, 여간 힘든 일이 아니겠지.

–아. 저 이번에 전적이 8승 28패예요. 물론 중급 기사랑만 대련하긴 했지만 너무 심한 게 아닌가…….

"아. 근데."

그러다 문득 세진은 그녀를 도와줄 수 있는 방법을 하나 떠올리게 되었다.

마력 문신.

여자가 무슨 문신이냐, 해도 살색으로 하면 평소에는 별다른 태도 나지 않는다.

직접 한쪽 팔에 새겨봤으니 알고 있다.

참고로 자신이 팔에 새긴 문신의 효과는 가용 마나량이 증가하고, 마나회복이 빨라지는 것.

"너 문신…… 해볼 생각 없니?"

–……예? 그게 뭔…….

예상대로 그녀는 어이없다는 투로 반응해 왔다. 누구보다 귀하신 재벌가의 자제, 그것도 여자가 문신이라니.

자신이 생각해도 그건 아닌 것 같아, 세진은 그냥 아무것도 아니라 둘러대고 끊으려 했다.

–아니, 오빠! 잠깐만요. 왜 갑자기 문신이야기가 나온 거예요? 강해지는 거랑 관련이 있는 거예요?

그러나 유세정은 강함에 대한 왠지 모를 집착이 있었고, 그 끈질긴 태도에 김세진은 다시 말을 이을 수밖에 없었다.

"아 그게…… 내 특성이랑 관련이 있는 거거든?"

이건 거짓이 아니라 사실이다. 고블린의 주술은 자신의 특성 덕분이니.

"문신을 새기면 좀 더 강해질 수 있어."

마나 수정을 오크의 단조를 이용해 액체로 성질을 변화, 그렇게 액체가 된 마나원액을 주술을 이용해 몸에 새겨 넣는다. 그러면 가용 마나양이 영구히 늘어나고, 소모한 마나는 좀 더 빨리 회복되게 된다.

마나양에 민감한 기사로서는 어쩌면 최고의 발전 방법. 몸에 새기는 아티펙트라 봐도 무방하다.

—네? 그…… 게 뭐죠? 무슨 뜻이죠?

그러나 그 모든 내용을 담아내기에는 세진의 설명이 너무 빈약했다.

"아 그러니까, 내가 전에 신체 관련 특성이라 말했잖아? 이 문신은 내 특성의 활용 방법 중 하나야. 내가 네 몸에 문신을 새기면, 그 약의 재료에 따라 특별한 신체효과가 생겨. 만약 마나 수정을 약으로 쓰면 마나양이 늘어나고……."

—예?! 그런 게 진짜 가능해요?!

우당탕탕—

침대에 누워 있던 유세정이 부산스레 일어나는 소리가 들렸다.

"어, 가능해."

있는 능력을 썩혀서 뭐하겠는가. 세진은 담백하게 대답했다.

—아 근데 그…… 문신이면…….

"살색으로도 새길 수 있으니까, 별로 티 안 나."

—아니, 그게 아니라…….

그녀는 살짝 뜸을 들이다가, 수줍게 말을 이었다.

—……아프지 않을까요?

"……뭐?"

세진이 어이없어하며 되묻자, 그녀가 별안간 장황한 변명을 늘어놓기 시작했다.

—아, 그게…… 저 몬스터랑 싸울 때는 특성 때문에 별로 안 아파요. 그런데 이런 전투가 아닌 상황에서는 특성이 적용이 되지 않아서 조금 아플 수 있거든요. 저 말고도, 이런 기사들 꽤 많아요. 주삿바늘 무서워하는 기사도 있다니까요? 물론 제가 그렇다는 건 아니지만…….

바로 다음 날. 유세정은 세진의 집으로 곧장 찾아왔다.

"으……."

꼭 감긴 세정의 눈꺼풀이 파르르 떨렸다. 그러나 그 오묘한 진동은 눈꺼풀에만 머물지 않고 전신으로 번져갔다.

"아니…… 안 아프다니까."

눈을 꼬옥 감고 몸을 바들바들 떠는 그녀의 모습은 꽤나 귀여웠으나, 이대로라면 시술을 할 수 없다. 김세진은 억지로 웃음을 참아가며 그녀를 타일렀다.

"예, 하세요."

부르르르- 떨리는 몸은 여전한데, 목소리만큼은 이상하게 담담하다.

"진짜 안 아파. 힘 빼."

그의 말 대로 이 시술은 결코 아프지 않다. 지금 그가 쥐고 있는 이 펜도 그냥 그림을 예쁘게 새기기 위한 것. 사실은 맨손가락으로도 시술을 할 수 있다.

14장 위협

“네, 뺐어요. 하세요, 오빠.”

그제야 진동이 조금 잦아들었다. 여전히 거슬리긴 하지만…… 그래도 방금 전의 지진에 비하면 장족의 발전.

“간다.”

“네, 저, 꽃 모양으로다가…… 읏!”

기구가 등의 날개 뼈에 닿자, 서늘한 감촉이 피부를 타고 전두엽을 가격했다. 그녀는 순간 너무 깜짝 놀라 몸의 움직임이 멎었다.

그러나 세진에게는 오히려 그게 좋았다. 그는 그녀가 작동 중지된 틈을 타, 재빨리 새하얀 어깨를 도화지 삼아 그림을 그렸다.

색은 세정의 살을 닮은 색. 가까이서 유심히 관찰해도 눈에 잘 띄지 않는데, 멀리서는 아예 문신을 한지도 모를 정도로 피부에 잘 녹아들게 될 것이다.

그녀가 '마나'를 사용하지만 않는다면.

만약 전투나 여타 다른 이유로 인해 마나를 가동한다면, 마력 문신이 새겨진 부위가 푸른빛으로 번져 눈에 확 띄게 된다. 그것이 바로 문신의 모양새를 신경 써야 하는 이유.

"다 됐다."

"……예?"

등급이 꽤 많이 상승한 고블린의 손재주는 과연 대단했다. 지금은 인간형이라 하향 적용되었음에도 불구하고, 이만큼 섬세한 드로잉도 고작 3분이면 충분했으니.

"벌써요?"

"어. 근데 이제……."

좀 아플 거야.

그러나 그의 뒷말은 그 입속에서만 맴돌았다.

"끅!"

먼저 세정의 외마디 단말마가 처량하게 울렸기 때문이다.

그녀가 가슴을 부여잡은 채 쓰러지자, 세진은 예상했다는 듯 능숙하게 그녀를 들어 올려 소파 위에 편히 눕혀주었다.

그렇게 약 10여 분 동안. 그녀는 병 걸린 강아지처럼 말도 제대로 못하고 끙끙 앓았다.

격통이 점점 잦아들어 겨우겨우 쑤심의 수준이 되고 나서야, 유세정은 눈가에 눈물이 가득 고인 채로 일어나 원망 가득한 눈빛을 쏘아 보냈다.

"……안 아프다면서…… 진짜. 왜 거짓말하는 건데요."

"미안."

김세진이 뒷목을 긁적이며 멋쩍은 미소를 지었다.

그럼에도 화가 풀리지 않아 입을 앙다문 채 그를 노려보던 유세정은, 그러나 몸의 변화를 파악한 듯 표정이 순식간에 급변했다. 가늘게 좁혀졌던 눈이 동그랗게 확장되고, 꽉 닫혔던 입이 헤~ 벌려졌다.

몸의 변화는 누구보다 자기 자신이 더 잘 알아차릴 수 있다. 그리고 유세정이 약으로 쓰겠다며 가져온 재료는 무려 상급 마나 수정.

물론 마력 문신의 등급이 아직 D밖에 안 되지만, 재료가 워낙 좋은 탓에 그 효과는 충분히 체감할 수 있을 터.

"와."

떡 벌려진 입에서 가장 먼저 나온 건 일단 외마디 감탄사였다.

"어때?"

"어……."

그의 물음에도 세정은 한참 동안 말을 잇지 못하고 손을 쥐었다 폈다만 반복했다.

순식간에 늘어난 마나량에, 지금 이게 꿈인가 생시인가-하는 마음이었다.

그녀가 지금 이 상황을 오롯한 현실로 받아들이기까지는 그로부터 5분이 더 필요했다.

"우, 우와! 오빠 이거 뭐예요?!"

드디어, 마침내. 유세정은 자신의 상태창을 확인함으로 실제로 '마나량'이 상승했음을 확인했다.

그 이후로는 난리의 시작이었다.

김세진은 그녀가 이토록 격렬히 감정을 표현하는 것은 처음 봤다.

기쁨을 못 이겨 방방 뛰다가, 도대체 이게 어떻게 된 일이냐며 자신의 멱살이라도 잡을 기세로 달려들다가, 종국에는 마나가 늘어난 후유증을 이겨내지 못하고 기절해 버렸다.

"……."

세진은 피식 웃고는, 전화기를 들어 그녀의 집사에게 전화를 걸었다.

가능하다면 재워주고 싶은데…… 상황상 그럴 수가 없네.

고블린 연금술사와 오크 대장장이. 이 둘은 사회 전반에

사소하지만 큰 변화를 일으켰다.

먼저 오크 대장장이. 이 대장장이는 그 존재 자체만으로도 기사들의 희망을 불러일으켰다.

그 이유는 바로 '한 달에 두 개'라는 파격적인 물량 공약.

실제로 요 근래 그 공약은 이행되었고, 두 개의 물건이 정해진 주인의 손에 들어갔다. SNS와 기사, 그리고 직접 눈을 통해 상품의 면면을 본 기사들은 그 물건의 퀄리티에 경악했다.

물건의 등급은 무려 상품(上品)을 가벼이 뛰어넘는 수준.

보통 장인~명인은 일 년에 겨우 하나의 무기를 내놓기에, 한 달에 두 개면 끽해봤자 중품-상급 수준의 물건일 것이라 예상했던 중상급 이상의 기사들의 뒤통수를, 오크 대장장이는 거하게 후려친 것이다.

그리고 고블린 연금술사. 그 덕에 그간 기사계와 연금계를 동시에 시름하게 만들던 포션 가뭄이 해소되었다. 고블린 연금술사의 등장으로 인해 자극을 받은 연금술사들이 하나둘씩 포션을 내놓기 시작했기 때문이다.

그렇게 잠시 주춤했던 기사단의 몬스터 사냥은 다시 활기를 띠게 되었다.

그러나 이 낙관적인 전망은 오로지 인간을 비롯한 지구에 우호적인 종족에게만.

두 천재에 의한 새로운 변화의 물결에 오히려 안절부절못

하는 종족이 바로 여기에 있다.

"나가는 심해로 가라앉았고, 마인은 결계 속에서 하찮은 삶을 계속하고 있다. 참…… 통탄할 일이로다."

뱀파이어들의 근거지는 오히려 사회의 근처에 녹아들어 있다. 구체적으로는 서울의 강북 변방에 위치한 '레온크레인' 빌딩 외, 여러 군데. 이건 굳이 등잔 밑이 어둡다는 금언을 몸소 실천하기 위해서는 아니고, 단지 그들이 벌이는 사업 때문이었다.

그렇다. 현대 자본주의사회에서 살아가기 위해서는 아무리 뱀파이어라도 일을 해야만 했다.

"그리하여 고향을 그리워하는 종족은 이제 우리 하나뿐. 형제들이여, 우리……."

"닥쳐요, 좀. 괜히 마법으로 전언했다가 라이칸이 눈치라도 채면 어쩔라 그래."

뱀파이어가 이 사회와 구분되는 가장 큰 특징은 바로 그들이 철저한 '신분제'를―'혈액'을 섭취한다는 특징은 널리 잘 알려진 사실이니 논외―따른다는 것이다.

핏줄에 의한 절대적인 신분제. 그것은 뱀파이어의 종족적 특성과도 관련이 있다.

그들에게 재능은 결코 '핏줄 따윈 상관없이 하늘이 점지해주는 무작위' 따위가 아니다.

오직 육체를 관통하는 혈류에 따라 일신의 위대함이 정해질 뿐.

그렇기에 지금, 10대의 소년이 백발의 노인에게 막말을 하고 있는 것.

"커흠. 허어…… 그리 걱정하지 않아도 된다 했거늘."

"아니, 나는 그게 궁금하고 걱정돼. 라이칸이 우리를 어떻게 찾았을까? 1세대 수인은…… 인간이랑 교배해서 하찮아졌잖아. 이제 그들은 우리를 감지하지 못하잖아."

1세대 수인이 절멸하면서 이제 흡혈귀를 탐지해 낼 수 있는 종족은 없어진 줄 알았다. 그래서 지금 인간 사회에도 수많은 뱀파이어들이 인간인 양 스며들어 있고, 그들은 원대한 계획을 위한 밑거름이 되어줄 것이다. ……라고, 용병 '라이칸'이 등장하기 전까지는 생각했다.

혜성같이 등장한 빌어먹을 용병.

벌써 다섯의 뱀파이어가 살해당했고, 그들은 모두 계획에 어느 정도 중요한 역할을 하고 있던 동지들이었다.

라이칸의 등장에 위기감을 느낀 대장로들은 아직 준비도 되지 않은 작전을 부랴부랴 시행했고, 조악하게 개시된 작전은 인간사회에 어떠한 유의미한 피해도 입히지 못했다.

그러니까, 우리 계획이 어긋난 모든 게 다 '라이칸'이라는 전설적인 용병 때문이라고…… 뱀파이어들은 생각했다.

"그것은…… 아무도, 누구도 모른다."

"운이 참 없네. 우리는 고향으로 돌아가고 싶을 뿐인데,

자꾸 방해를 받아.”

고향. 그들이 지구로 이주해 오기 전에 살았던 세계. 한시적인 대재앙에 의해 멸망을 목전에 두고, 그곳의 거주민들은 다른 세계-지구-로 이주해 왔다.

“다른 세계로 이주하느니 차라리 고향에서 삶을 마감하겠다던 드워프가 옳았던 것이었을까?”

“……아니다. 드워프는 우리 고향에서 죽었으나, 우리는 고향으로 살아 돌아갈 가능성이 있다.”

“가서 뭐해? 어차피 사람은 다 죽었을 텐데.”

“내가 그때 다 설명했잖…… 후.”

뱀파이어들은 지구로 이주해 온 그 순간부터 약 40여 년이 지난 지금까지 균열에 대한 연구를 해왔다. 세계와 세계, 혹은 차원과 차원간의 틈.

그것이 최후에 최후까지 열리면, 하나의 가능성이 생긴다. 과거의 ‘고서’ 속에도 명확히 적시되었던 전설, 바로 시간축의 반전.

그러니 우리는 균열을 끝까지 파헤쳐, ‘과거’의 고향으로 돌아간다. 그래서 혹시라도 도래할 재앙을 미리 막아내리라…….

“……그거 되는 거 맞지? 잘못하면 여기서도 못 살게 되는 거잖아.”

“당연히 된다. 천년의 지혜를 가진 로드 ‘루테칸’ 님이 직접 그렇게 말씀하셨다. 혹시 의심을 가지는 게냐?"

"……아니, 그냥 궁금해서 묻는 거지. 혹시나 의심을 하더라도, 난 대장로나 로드님 말에 따를 거니까 걱정하지 않아도 돼."

소년이 천연덕스러운 표정으로 말했다.

"……좋은 자세구료. 역시 고귀한 핏줄의 순혈(純血)다워."

그리고 노인은 그런 아이의 머리를 쓰다듬으며 흐뭇한 미소를 지었다.

"자. 그럼 계획을 시작하겠다. '해저의 균열' 가장 먼저 그것을 끄집어내도록 하자꾸나."

-네, 명패는 잘 받았어요. 근데…… 이 인형은 뭐예요? 쬐깐한 게 복실복실하니 되게 귀엽네.

"아, 그거요? 그냥 잘 보이는데 놔두세요. 그래 봬도 꽤 특별한 효과가 있으니까 물건 파는데 놓으면 좋을 거예요."

김세진은 하젤린의 요청에 따라, 오크의 무기고에 있는 것과 똑같은 '더 몬스터 단체 소속'이라는 명패를 알케미하우스에 선물했다. 거기에 새끼 레비아탄으로 추정되는 인형까지 더해서.

-특별한 효과요?

"네, 엄청 귀엽잖아요. 겨우 인형인데 이상하게 더 귀엽지 않아요? 그게 다 제가 말한 특별한 효과예요."

초롱초롱한 눈빛을 발하는 인형은 '상점'이라는 장소에 알맞은 특수한 성질이 부가되어 있다.

그래서 이걸 알케미하우스에 놓으면 아마 매출이 3% 정도 늘어나지 않을까 세진은 추측했다. 물론 오크의 장비점에도 이미 카운터와 책임자실에 이 인형을 가져다 놓았다.

-아~ 그 마스코트 같은 건가? 트릴로지는 호랑이던데. 우리는 좀 많이 귀엽네요?

"……예? 아. 네 뭐…… 험악한 것보단 동글동글하니 귀여운 게 낫죠. 그리고 개랑 호랑이랑 싸우면 개가 이길걸요?"

이건 진실이다. 똑같이 성체라고 치면, 호랑이가 아무리 대호, 그것도 검치대호라 하더라도 한방이면 나가떨어지겠지.

-풋. 그게 뭐예요. 맨날 거짓말만 치시네. 진짜.

"……하하. 거짓말 아닌데. 그리고 하나 더 가지고 싶으시면 말하세요. 집에 두면 좋으니까, 그거 하나 더 보내드릴게요."

-네, 그러면 하나 더 보내주세요. 향기가 좋은 게, 집에도 두면 좋을 것 같네.

알겠다고 대답하고 통화를 끊은 세진은 다시금 TV에 집중했다.

한창 '기사격전'이 방영되고 있었다.

지금은 새벽 기사단과 고려기사단간의 격투. 새벽은 유세정, 고려는 정은지라는 기사다.

자막을 보니 예전부터 라이벌 사이로 유명했던 것 같지만…….

'세정이가 이기겠지.'

기사에게 마나량은 아주 중요하다. '마력'과 함께, 승패를 가르는 결정적인 요인이라고 말할 수 있을 정도로.

—시작!

그때 격투가 시작되고, 유세정은 먼저 온몸에 마나 강기를 둘렀다. 카메라가 푸르게 달아오르는 그녀의 전신을 비추다가, '등'에서 멈춘다.

'……홍보 되겠네.'

세정의 등, 정확히는 오른쪽 날개 뼈 쪽에 푸르른 꽃 한 송이가 화사하게 피어 있었다.

아름답다는 형용이 지극히도 잘 어울리는 뒤태. 카메라는 그곳에서 떨어질 생각을 하지 않았다.

—와, 저거 꽃문양 뭐냐? 왜 갑옷 밖으로 삐져나옴? 의류형이라 얇아서 그런가?

—존예네…… 카메라 일부러 등만 찍는 거 봐.

기사격전은 워낙 그 인기가 많은 탓에 인터넷과 TV 두 매체로 동시에 생중계 되었는데, 세진으로서는 실시간 반응을 볼 수 있는 인터넷 쪽이 조금 더 마음에 들었다.

그리고 지금. 시청자들은 방금 막 시작한 결투보다도, 얇지만 단단한 갑옷 위로 섬세하게 번지는 푸른 문양에 더욱 관심을 가지고 있었다.

하지만 그건 잠시일 뿐. 그 결투와 하등 관계가 없는 궁금증은 바로 다음 순간 잊히게 되었다.

타앗-

선공은 고려기사단의 정은지 쪽이었다. 그녀는 발을 크게 굴러 세정에게 돌격했다. 마치 벼락같은 쇄도, 순식간에 세정의 발치에 도달한 그녀는 전력을 다해 검을 휘둘렀다.

그렇게 사선으로 그어지는 검격이 한 치의 오차도 없이 세정의 심장으로 향했다.

챙-

날카로운 소리가 울리고, 날붙이끼리 맞닿은 단면에선 거친 불씨가 터져 올랐다.

그러나 선공자 정은지는 단지 그 일합으로도 확연한 차이를 느낄 수 있었다.

무기의 차이. 그리고 마나의 차이.

그녀는 어금니를 꽉 깨물었다. 무장의 격차는 어느 정도 감안했다. 이 여자가 들고 있는 무기는 모든 기사가 탐냈던 오크의 역작. 하나 지금은 그것 말고도 다른 차이가 존재한다.

왜.

도대체 왜 자신의 마나가 이 여자에게 밀리고 있는가. 고작 일주일 전만 해도 이토록 형편없이 밀리지는 않았다.

어째서, 그리고 어떻게. 이 여자는 그 짧은 시간에 이토록 가파른 성장을 이룩할 수 있었는가…….

은지는 어쩔 수 없이 뒤로 크게 물러났다. 인정하기 싫지만, 정면대결은 가망이 없다. 그러니 빈틈을 노려야…….

"……!"

바로 그때.

유세정의 기세가 급변했다. 서슬에 고인 마나가 시리도록 푸른 검광을 발하고, 살짝 굽혀진 몸은 스프링처럼 앞으로 튀어나갔다.

그 가공할 만한 질주에 은지는 검을 들어 대항해 봤으나, 찰나의 검격은 그녀의 갑옷을 아주 쉽게 박살 냈을 따름이다.

"……."

시시하다는 형용이 어울릴 정도로 빨리 끝나 버린 격투, 심판마저도 잠시 할 말을 잃어 장내에는 잠시 정적이 가라앉았다.

이합, 아니, 첫 번째 격돌을 그저 탐색의 의미로만 본다면 고작 일 합만에 결판이 났다. 이것은 동급 기사간의 격투라고 생각할 수 없을 정도로 압도적이었다.

그러나 정은지가 누구인가.

비록 나이는 유세정보다 두 살이 더 많지만, 그래도 재능과 외모가 그녀와 비견할 수 있을 만큼 특출해 언론에서 새벽-고려와의 관계에 빗대어 '유세정의 라이벌'이라 떠들던 기사가 아니던가.

게다가 실제로, 당장 저번 주 시범대련 때만 해도 이 정도로 압도적인 차이는 없었다…….

"……유세정 승리!"

본분을 깨달은 심판이 부랴부랴 외쳤다.

"……어째서?"

멍한 표정의 정은지가 멍하니 중얼거렸다.

벽.

하나의 등급을 뛰어넘기 위해서 필연적으로 넘어서야 하는 한계, 혹은 도저히 이길 수 없을 것만 같은 상대를, 기사들은 '벽'이라 일컫는다.

그리고 은지는 지금 그 벽을 느꼈다. 고작 일주일 새에, 저 여자는 놀라울만큼 달라졌다.

"잠깐 기……."

은지가 경악한 눈을 세정에게로 돌렸다.

그러나 세정은 이미 무심하게 뒤로 돌아, 승자를 위한 출구로 빠져 나가고 있었다. 마치 원래부터 자신 따위는 안중에 없었다는 듯이. 패자를 위한 단 한 번의 악수도 없이.

"저 썅……."

저 빌어먹을 정도로 예의가 없는 모습에, 정은지는 두 주먹을 쥔 채 이를 까득 깨물었다.

유세정은 출구로 나오자마자 리포터의 마이크를 받게 되었다. 일명 승자인터뷰. 그녀는 그것을 그리 기꺼워하지는 않았지만, 생방송에서 이걸 거절하는 우를 범하지는 않았다.

"등 뒤에 새겨진 문신의 정체는 뭡니까? 지금 모두가 궁금해 하고 있습니다."

리포터는 간단한 축하 인사를 후딱 끝내고서, 곧바로 문신에 관한 이야기를 끄집어냈다. 세정은 김세진에게 미리 언질-마나를 사용하면 문신이 옷가지를 뚫고 푸르게 번진다-을 받았기에, 태연하게 인터뷰에 임할 수 있었다.

"그건 나중에 차차 알려드릴 예정입니다. 제가 혼자 결정할 수 있는 부분이 아니기에…… 죄송합니다."

"예? 아……. 네. 뭐."

유세정의 정중한 태도에 리포터도 더 이상 묻지 않고 다음 질문으로 넘어갔다. 그녀는 모든 질문에 철저히 새벽 기사단이 짜준 매뉴얼대로 대답했다.

기사격전이 끝난 그 날. 유세정은 세진을 배려해 문신에 관한 얘기는 최대한 얼버무렸다.

그러나 역시 세상은 넓고 전문가는 많았다.

대중들은 이 이상 현상을 일으키는 문신을 '마법'이 아닐까 추측했고, 그에 따라 가장 먼저 마법사들이 나섰다.

마법사라는 족속들이 의문에 가지는 집착은 광기에 가깝다. 그들의 지극히 열정적인 탐구에 문신의 정체는 고작 하루 만에 탄로 나고 말았다.

가장 먼저 강원도 마탑의 탑주이자 A등급 마법사인 윤노한이 먼저 기자들을 불러들여서 말했다.

"이 문신에는 마나가 함유되어 있습니다. 주인의 가용 마나량을 늘려주는 혁신적인 장치인 것이죠. 그러나 아직 그 방법 자체는 미지입니다. 일단 문신을 위해서는 마나 수정이든 뭐든 마나가 포함된 물체를 액체의 형태로 변환시켜야 하는데, 그러려면 고열이 필요합니다. 하나 고열에 맞닿으면 마나가 흩어지기 때문에 그 효과가 아주 미약하죠."

"그러면 재료만 있으면 유세정이 새긴 문신과 똑같은 효능이 생길 수 있다는 말씀이십니까?"

"아니요. 그것도 아닙니다. 액체화된 마나를 무작정 문신으로 새긴다고 해서 똑같은 효능이 있지 않아요. 오히려 부작용의 위험이 큽니다. 왜냐면 고작 문신을 새기는 것만으로는 액체화된 마나를 오롯이 체내에 잡아둘 수 없기 때문에…….”

이 인터뷰 내용이 퍼지자 기사와 마법사들 사이에서는 말 그대로 소요사태가 일어났다. 그들에게 마나는 아주 중요한 힘인 동시에, 가장 성장하기 어려운 재능이었으니 어쩌면 당연했다.

그들은 언론과 대중의 궁금증을 등에 업고 새벽과 새벽 기사단, 그리고 유세정에게 진상을 요구했다. 그러나 이 셋은 묵묵부답으로 일관할 뿐이었고, 기사와 마법사들은 분노해 그들에게 돌을 던졌다.

—……정말 알려도 돼요?

“어.”

그래서 세진은 그냥 자신의 특성 덕이라 말하라 그랬다.

어차피 한 달에 한번밖에 안 된다고 속이면 된다. 물론 그래도 들러붙을 사람들은 들러붙어 귀찮은 건 변치 않겠지만, 그래도 진실을 밝힘으로써 얻을 이익이 더 크지 않겠는가.

—네. 알겠어요. 아 그리고 세진 오빠. 이 문신의 대가는 제가 나름대로 정했는데…… 괜찮아요?

“어? 대가……?”

그는 잠시 고민했지만, 사실 고민할 필요도 없었다.

새벽이 주는 대가. 안 받을 이유가 없다. 게다가 괜히 공짜로 해줬다는 소문이 퍼지면 진짜 벌떼처럼 몰려들지도 모르니.

"그래, 그럼 나야 좋지. 뭔데?"

–아 그게…… 단체 사무실 아직 안 구하셨죠? 제가 강원도 쪽에 남는 건물이 하나 있는데, 그거를 드릴게요. 물론 증여세나 여타 추후에 발생하는 세금까지 저희가 처리하는 걸로 하고요.

세진은 잠시 말문을 잃었다. 건물…… 그게 내가 아는 건물이 맞는 건가 싶었다.

문신 하나를 해준 대가로 건물 하나라…… 왠지 부담스러웠지만, 그는 그냥 세정에게 마나가 그 정도로 큰 값어치가 있다고 생각하기로 했다.

"어? 고마워. 고마운데…… 너무 큰 거 아니야?"

–아뇨, 오히려 싸죠. 게다가…….

핸드폰 너머, 유세정이 뒷말을 삼켰다.

여기엔 어쩌면 조금 이기적인 이유가 있었다.

무려 건물 하나를 통째로 문신의 값으로 지불했다 하면, 그게 가격의 기준선이 되겠지. 그렇다면 대다수의 평범한 기사들은 감히 문신을 요구할 생각도 못할 테고.

그녀는 바로 그걸 노렸다.

"게다가?"

–아. 아니에요 아무것도. 그냥…… 고맙다고요 오빠. 정

말, 그때 오빠를 만난 게 어쩌면…… 하늘이 저를 도왔던 게 아닐까요?

"……끊을게."

–어? 왜요 왜…….

별안간 천사스러워진 목소리로 오그라드는 문장의 읊조림을 듣는 건 이쪽의 취미가 아니었기에, 그는 냉정하게 전화를 끊었다.

"후. 다시다시."

그렇게, 세진은 다시금 전에 하던 작업에 열중했다.

지금 그의 손에 들려진 건 하나의 봉제 인형. 얼떨결에 단체의 마스코트가 된 '아탄이'다. 이름의 유래는 당연 말하지 않아도 알 터.

어쨌든. 지금 그가 이 인형을 만지작거리는 이유는, 알케미하우스에 잠시 들렀을 때 아탄이의 인기가 생각보다 많은 걸 보고 하나의 영감을 얻었기 때문이었다.

일명 인형의 '아티펙트'화.

지금 아탄이에게는 단지 사람의 이목을 잘 끌고, 좋은 향내가 은은히 퍼지는 성질밖에 부가되어 있지 않다. 거기까지만 해도 분명 상품가치는 있겠으나, 문제는 이 아탄이가 대량생산이 가능한 종류의 인형이 아니라는 데 있었다.

특성상 만약 판매할 생각이라면, 한정 판매로 하나하나가 고급지고 비싸야만 한다.

그런 생각의 흐름은 어느 순간 '아티펙트'까지 이어졌다. 목걸이나 반지, 팔찌 같은 액세서리에 마법이 부가된 마법물품. 그 특유의 마법적 효과 탓에 물량이 적고, 하나같이 무지막지하게 비싼 물건들.

그러나 단지 성질을 부여하기만 해서는 그런 마법적 효과를 따라가기 어려웠다. 게다가 이 아탄이 인형은 착용자가 아닌 '소유자'에게 도움을 주어야 하니까 그 난해함은 더더욱 배가되었다.

그래서 세진이 생각한 게 바로 '마력 문신'과 '오크의 단조'를 동시에 사용하는 것.

마력 문신의 등급이 올라 육체가 아닌 '물체'에도 문신을 새기는 게 가능해졌기에 가능한 방법이다.

'가장 먼저…….'

만들어진 인형의 뒷면에 문신을 새긴다. 하얀색으로, 최대한 눈에 띄지 않게. 문신의 약은 중급 마나 수정과 중급 회복 포션으로, 효능은 오로지 '마나와 원기의 회복'.

'됐다.'

여기까지 하면 아탄이는 이제 자기 원기와 마나를 회복하는 인형이 된다. 그러나 인형에는 마나와 원기가 존재하지 않으니, 여기서 멈추면 그냥 헛짓에 불과하다. 여기에 한 가지 더. '오크의 단조'가 덧대어져야만 한다.

세진은 오크폼으로 변해, 인형을 손에 쥐고 단조를 사용했다.
마력 문신에 부가할 성질은…… '주변으로 퍼진다.'
푸르게 물들었던 아탄이는 성질 하나가 부가되자, 이내 원 상태로 돌아갔다.
다시 인간이 된 김세진은 이게 잘 만들어졌는지 확인하기 위해 정보창을 띄웠다.

[아탄이 인형] 제작자-김세진
부가된 효과-특히 귀여움[B], 특수한 향기[C].
특수한 향기: 반경 60m 범위에 원기 회복, 마나 회복 효과가 있는 향기를 은은하게 배출합니다.

"……됐다!"
완성.
이 정도 물건은 효과만 증명되면 값어치가 꽤 나가게 된다.
무엇보다 마나회복에 효과가 있다는 건 '마나의 샘'을 연상시키고, 마나의 샘 하나를 제대로 축조하기 위해서는 천문학적인 액수가 필요로 하니까. 물론 그렇다고 이 아탄이 하나가 마나의 샘만큼 큰 역할을 한다는 건 아니지만.
'일단 물어봐야겠지.'
물건은 만들어졌으니, 이제 관련 특허와 효과 증명을 위한 작업만이 남았다. 세진은 먼저 이런 일을 전담해 줄 수 있는 사람에게 전화를 걸었다.

그리고 바로 다음 날 오전.

집 밖의 소란에 잠에서 깨어난 세진은 비몽사몽한 채로 걸어 현관문을 열었다.

그 즉시 수많은 기사와 마법사들의 눈이 이쪽으로 향했다.

"……."

세진이 멍하니 바라보기만 하자 그들이 먼저 입을 움직였다.

사람들의 말소리가 이렇게 시끄러울 수 있는지, 그는 그날 처음 알았다.

김세진은 23년의 생애 동안 이렇게 많은 기사와 마법사들의 무리를 본 기억은 없었다.

"궁금한 게 있습니다! 특성이 어떻게 발현, 아! 밀지 마요, 좀!"

"유세정에게 문신을 해주는 대가로 강원도의 루텐 빌딩을 받으셨다는데……."

기사와 마법사, 거기에 기자까지 뒤섞인 아수라장이었다. 심지어 몇몇 마법사들은 아예 하늘에 두둥실 떠오른 채 이쪽으로 질문을 내던지고 있었다.

세진이 멍하니 그 광경을 감상하는 와중에, 사람들이 밀리고 밀려 문 앞까지 들이닥쳤다. 이대로 가만히 두면 집 안까지 들어올 기세였기에, 그는 일단 빠르게 문을 닫았다.

"……뭐야."

쿵-닫힌 문에 인해(人海)가 부닥치는 소리가 울리고, 세진은 멍하니 중얼거렸다.

이건 살짝 예상외였다. 분명 한 달에 한 번이라는 제약이 있다고 전했고, 세정이가 매긴 문신의 가격은 무려 건물 하나. 그래서 이렇게 많은 기사와 마법사들이 '직접' 찾아올 거라곤 솔직히 상상도 못 했다.

우우웅-

때마침 핸드폰에서 진동이 울렸다.

"예, 여보세요?"

-아, 세진 씨. 저 박현오입니다.

박현오는 새벽 일가의 집사와 비서실장을 겸하는 남자다. 그때 자신과 아직 싸가지가 없던 유세정이 트롤을 마주쳤을 때. 재빨리 기사를 불러와 큰 사고를 면하게 했던 남자.

"네, 근데 무슨 일로……."

-일단 가장 먼저, 저희 아가씨의 불찰로 인해 큰 피해를 입으신 점. 죄송하다는 말씀을 드리고 싶습니다.

"예? 아. 괜찮습니다. 받은 게 워낙…… 커서."

순간 세진은 긴장했다. 혹시 건물을 주겠다는 말을 번복하려 하는 게 아닐까.

—그러면 다행입니다만…… 일단 집 밖이 소란스러우시죠?

다행히 그런 의도는 일말도 없었다.

"아. 네, 조금 소란스럽긴 하네요. 언제쯤 나아질까요?"

그는 내심 그때처럼 새벽이 나서서 밖을 쓸어주길 기대했다. 그러나 현오의 답변은 그 기대와는 살짝 어긋났다.

—그건 저희도 잘 모르겠습니다. 지금 저희도 세진 씨와 별반 다를 바가 없는 상황입니다. 새벽을 제외한 모든 기사단이 동요하고 있는 탓에…… 아쉽게도 저희도 지금 어떠한 도움을 드릴 수 없습니다.

"아……."

—죄송합니다.

아무리 새벽이라도 쉬이 당해낼 수 없을 정도로, 과연 권력과 합쳐진 군중의 힘은 무서웠다.

"그러면……."

—일단 마땅한 해결책을 찾을 때까지 기다려 주세요. 지금 아가씨께서는 회장님과 단장님에게 따끔한 체벌을 받고 계시니, 아마 며칠간 연락이 안 되실 겁니다.

"……그래요?"

—네, 지금 바로 옆방에서 회초리 맞고 계시네요.

"아…… 근데 세정이 잘못 아닌데."

—두 분은 몸에 문신을 새기는 데 선보고를 하지 않은 것 자체에 노하셔서, 어쩔 수 없습니다.

……그렇군요.

대답한 세진은 그녀의 무운을 빌었다.

이튿날 오후, 상황은 여전했다.

집 밖의 기자들은 아예 진이라도 차린 건지, 돌아갈 기미조차도 없었다.

또 번호는 어떻게 알아냈는지 핸드폰으로 전화와 문자가 쇄도했다.

어쩌면 이건 기사와 마법사들의 강해지고자 하는 욕구를 얕본 죄.

"후……."

그는 어쩔 수 없이 하나의 결단을 내려야만 했다. 이러다가 혹시라도 집 안으로 침입하는 사람이 나오면, 돌이킬 수 없는 대재앙이 벌어질지도 모른다. 무엇보다 자신은 인간으로 있을 수 있는 시간이 한정되어 있으니까.

"음음."

문 앞에 선 세진은 앞으로 있을 짧은 기자회견을 위해 목청을 가다듬었다.

세 번의 심호흡과 두 번의 헛기침. 그러곤 문을 열어젖힌다.

"나왔다!"

문이 열리자마자 누군가의 고함이 울려 퍼지고, 사람들이 파도처럼 밀려왔다.

세진은 일단 그들이 더욱 큰 소란을 일으키기 전에, 크게 소리쳤다.

"딱 세 질문만, 그러니까 딱 세 번만 답변해 드리겠습니다. 궁금하신 점을 물어보세요."

그러나 워낙 화자가 많아 목소리가 뒤엉켜, 도저히 질문을 알아먹을 수 없었다. 세진은 미간을 살짝 좁히고서, 진정하라는 의미로 손을 번쩍 들었다.

물론 소란은 진정되지 않았다.

"문신에 관해서……."

"지금 정부에서도 세진 씨를……."

"기사단은……."

"마탑……."

귀에 들어오는 목소리는 도저히 한 문장 이상으로 이어지지 않았다. 그래서 세진은 다시금 고성을 내지를 수밖에 없었다.

"잠깐만요!"

결국 그는 질의응답이 아닌 일방적인 말하기를 하기로

했다.

"문신에 관해서 많은 궁금증이 있는 걸로 알고 있습니다!"

세진이 크게 소리쳤다. 부디 자신에게 집중을 좀 해주길 바라면서.

"……맞죠?! 그러니 일단 제가 얘기하겠습니다!"

그제야 소란이 잦아들었다. 세진은 심호흡을 한번 하고는, 그들이 궁금해 할 내용을 가장 먼저 말했다.

"먼저 문신은 최대 한 달에 한번만 가능합니다. 최대예요, 최대. 이 특성은 제 기력을 소모하는 것인지라, 한 달에 한 번도 저에게는 큰 부담입니다. 그래서 유세정 양이 저에게 어마어마한 대가를 지불한 것이고요. 그러니 이렇게 많은 관심을 주실 필요가 없습니다."

말이 끝나자마자 플래쉬가 터졌고, 다시 요란해질 기미가 스멀스멀 피어올랐다. 세진은 그걸 조기에 진압하기 위해 곧바로 다음을 이었다.

"여기서 딱 한 사람의 질문만 받겠습니다! 거기! 남성분!"

그가 잘생긴 미남자를 가리켰다. 그 갑작스런 지명에 엘프로 추정되는 남성은 잠시 당황했지만, 곧 빠르게 질문을 던졌다.

"그 말은 즉, 문신을 하기 위해서는 돈만 있으면 된다. 이 말인 건가요?"

"예? 아……. 아닙니다. 물론 금전적인 부분도 고려사항이지만, 다른…….”

“그럼 같은 ‘더 몬스터’ 단체원에게는 우대해 줄 수도 있는 건가요?”

“예? 아…… 네. 물론입니다. 타인보다는 같은 단체원이 최우선이죠.”

그 이후로도 질의응답은 약 10분 동안 이어졌다. 세진은 말실수를 하지 않기 위해 최선을 다했다.

“자, 그러면 이제 돌아가 주세요. 주택가라 저뿐만 아니라 많은 사람들이 불편해하실지도 모릅니다.”

그가 이제는 제발 돌아가 달라는 염원을 담아 크게 소리쳤다. 그렇다고 별 기대는 하지 않았다. 일단 오늘 이 정도 했으면, 슬슬 오늘 밤부터는 돌아가는 사람이 생기겠지.

예상대로 마법사와 기사들은 여전히 굳건했다.

그러나 이상하게, 기자들이 해산하기 시작했다.

“……뭐야, 어디 가세요?”

그에 당황한 건 기자를 제외한 다른 사람들이었다. 심지어 세진까지 고개를 갸웃했다.

“가라잖습니까. 이미 얘기도 꽤 들었고.”

“아니, 당신네들이 언제 가란다고 가는 사람들이었소?”

그리고 그 이유를, 세진은 방금 떠오르는 알림창으로 말미암아 알아차릴 수 있었다.

[스킬이 조합되었습니다. 늑대의 하울링-듣기 좋은 목소리]

-목소리를 통해 군중의 심리를 원하는 방향으로 유도할 수 있습니다.

-이 스킬은 상대의 정신력에 따라 다르게 적용됩니다.

[조건 완료: 「사람이 일궈내는 가능성」-첫 번째 스킬 조합 성공.]

-이제부터 능력치와 스킬의 등급에 따라, 원하는 스킬을 조합할 수 있게 됩니다.

이틀 뒤. 김세진은 아주 오랜만에 몬스터 필드로 나왔다.

그러나 그는 혼자가 아니라, 사냥 파트너 한 명과 함께였다. 오늘의 사냥파트너는 예전에 곧잘 페어를 이뤘던 유세정이 아니었다.

조금은 낯선 인물, 중검을 허리에 들쳐 맨 중급 기사 주지혁. 그가 오늘의 동료다.

"이거 참. 사냥이 정말 잘되네요. 하하…… 세진 씨를 수식하는 '천부적인'이라는 단어가 아주 이해가 갑니다."

살다 보면, 알면 알수록 더 잘 대해주고 싶은 사람이 있다. 보통 순박하거나 착한 티가 좔좔 흐르는 사람이 그러하다.

물론 이런 종류를 호구라 비하하며 등쳐먹을 생각만 하는 사람도 있긴 하지만, 김세진은 그런 족속이 아니었다. 그래서 그는 주지혁이 무척 마음에 들었다.

"하하하, 아닙니다…… 큼."

그러나 주지혁이 좋은 사람인 것과는 별개로, 사이가 어색한 건 어쩔 수 없었다. 애당초 말 그대로 딱 한 번 본 사이였으니.

"아. 들었습니다. 세진 씨. 몸에 특이한 문신을 새기는 특성을 가지고 계시다고…… 아, 물론 저에게 해달라는 건 아닙니다. 오해는 말아주세요. 그냥 요즘 저희 기사단이나 다른 기사단이나, 그 이야기로 난리라서……."

"하하. 예, 그래서 제가 지금 이렇게 변장을 하고 있는 거 아니겠습니까? 갑자기 인기가 워낙 많아져서."

세진은 얼굴의 반절을 가리는 검은 모자와 마스크를 가리키며 너스레를 떨었다.

그만큼 근래에는 꽤 귀찮은 일이 많이 벌어졌다.

이틀 동안은 밖에도 나가지 못하고 집에 박혀 있어야 했으며, 시도 때도 없는 연락 때문에 한 번 더 핸드폰을 바꿔야만 했다. 심지어 몇몇 여기사는 야밤에 전화를 걸어와 해달라는 대로 다 해줄 테니 제발 한 번만 도와달라고까지…….

그만큼 마나에 대한 기사와 마법사의 집착은 정말 대단했다. 심지어 하젤린까지 그 문신에 관심이 있다는 투로 물어왔을 정도니.

"하하. 역시 그렇겠네요. 근데 그 특성 자체가 문신을 하는 특성인 건가요?"

"아뇨, 특성의 활용 중 하나입니다. 제가 신체와 관련된 특성이라."

"아…… 그렇군요."

그 이후로는 침묵이었다.

주지혁은 궁금한 점이 여전히 있는 듯한 얼굴이었으나, 혹시라도 세진이 불편해할까 그 이상의 말을 하지는 않았다. 그걸 내심 눈치채고 있던 세진은 다시 한번 이 남자의 인성에 감탄하게 되었다.

그렇게 주지혁과 두 마리 정도의 몬스터를 더 잡았을 때.

"……어. 오빠?"

여기사 한 명이 이 쪽을 발견하고 총총걸음으로 다가왔다.

"음? 은지야. 네가 중급 지대는 웬일이냐?"

주지혁이 그렇게 말하며 손을 내밀었다. 여기사는 미소를 지으며 악수를 하곤, 지혁의 옆에 있는 남자를 힐끗 바라보았다.

"……누구."

"이분? 그…… 내 사냥 파트너. 중상급 사냥꾼님이시다."

"아, 그렇구나. 안녕하세요. 저는 중하급 기사 정은지라고 합니다."

그녀가 입가에 여전히 미소를 유지한 채 세진에게 악수를 청했다.

"네, 반갑습니다."

정은지. 당연히 알고 있다. 기사격전에서 유세정에게 패배한 기사.

그녀는 세진의 얼굴을 자세히 들여다보더니, 뭔가 애매한 표정으로 고개를 갸웃했다.

"은지야! 근데 왜 혼자야? 일행은 어딨고?"

그러자 주지혁이 황급히 화제를 돌렸다.

"아 그게…… 이제 가려고 했어요. 그냥 잠깐 와본 거예요. 그…… 소문이 퍼졌거든요. SNS이랑 단톡방에서."

"……어? 뭔 소문?"

"그 김세진 님이 중급 지대로 사냥을 나왔다는 소문이요. 혹시 몰라서 한번 서성여 봤는데…… 저도 참 바보 같네요."

정은지가 침통한 표정으로 고개를 푹 숙였다. 보통 이럴 땐 위로를 해줘야 하는 게 맞지만, 두 사람은 서로를 바라보며 당황한 표정을 짓고 있을 뿐이었다.

"어…… 그래? 근데 그분은 왜?"

"……그냥. 저도 한번 달라져 보려고. 이제 진짜 노력이 다가 아니라는 걸 깨달았거든요."

"음?"

"오빠도 봤잖아요. 저 처참하게 깨진 거. 근데 저는 그걸 도저히 이해를 할 수가 없어요. 왜 걔는 집안의 힘으로 얻은 인맥으로 저보다 훨씬……."

그녀가 푸념을 늘어놓는 도중에, 김세진은 주변의 기척을 살폈다. 확실히 당장 한 시간 전과 비교하면 상당히 많은 사람의 기척이 느껴진다.

"……근데."

그러다 문득 정은지가 눈을 가늘게 좁히고 김세진을 바라봤다.

"저분 얼굴이…… 또 냄새가……."

킁킁.

별안간 그녀가 냄새를 맡기 시작했다.

세진은 살짝 당황했다. 이 정도면 아무래도, 자신에 관한 소문이 정말 많이 퍼진 듯했다.

"저기. 혹시 그 마스크 좀 벗어주실 수 있을까요?"

"……안 됩니다."

"예? 아 한 번만. 살짝만 벗어주시면……."

낌새를 눈치챈 듯, 정은지가 김세진에게 성큼 다가섰다.

"은지야, 일단 나가자. 중급 지대는 너한테 벅차."

그때 주지혁이 은지의 앞을 가로막으며 세진에게 눈짓을 보냈다.

"예? 아 그건 알겠는데, 오빠 잠깐 비켜 봐요."

"아니, 안 돼. 너는 나랑 같이 중하급 지대로 간다."

"아니, 알겠으니까 비켜주세요!"

"잠깐만 기다려 봐."

"뭐예요 오빠 왜이래요!"

둘은 갑작스런 실랑이를 벌였고, 그 멀리까지 퍼지는 소란을 들은 주변의 기사들이 혹시나-하는 마음으로 슬금슬금 모여들었다.

"어? 저거 뭐야!"

은지가 흔한 유인책을 사용했다.

"뭔데?"

그리고 지혁은 보기 좋게 걸려들었다.

"비켜요!"

그러나 그녀가 지혁을 뿌리쳤을 땐, 이미 세진은 어딘가로 사라지고 난 후였다.

어금니를 꽉 깨문 은지는 발을 쾅쾅 구르며 다시금 지혁의 앞에 와서 섰다.

"……맞죠?"

이글이글 타오르는 눈빛으로 지혁을 노려보며 묻는다.

"뭐가? 그것보다 너 뭐하는 거야? 고작 소문일 뿐인데, 중급 지대에 혼자서 오다니."

"어차피 이쪽 부근은 선공만 안 하면 상관없잖아요. 그것보다 왜…… 아. 김세진이 남자 한 명이랑 같이 있다고 하던데. 그 남자가 오빠였어요?!"

"……얘가 뭔 소릴 하는 거야?"

주지혁은 식은땀을 삐질삐질 흘리면서도, 혼신의 힘을 다해 잡아뗐다.

그리고 그날. 집으로 돌아온 세진은 앞으로 최소 일주일 동안은 집 밖으로 나가지 않아야겠다고 다짐했다.

집에 가만히 있기에 답답했던 세진은 뒤늦게나마 레비아탄과 관련된 정보를 찾기 시작했다.

일단 자신이 포밍할 수 있는 '나약한 바다 괴수'의 최종 진화 형태가 레비아탄임은 거의 확실하므로, 그 능력의 활용법은 분명 레비아탄과 상통할 것이라는 생각 때문이었다.

……물론 이 귀여운 놈이 어떻게 레비아탄 같은 흉악한 마수로 성장하는지는 도저히 이해가 가질 않지만.

어쨌든 세진은 인터넷 검색을 이용했다. 인터넷은 과연 정보의 산실이었고, 레비아탄에 관한 내용도 대단히 많았다.

그러나 레비아탄은 대적하는 몬스터가 아닌 기피해야 하는 괴수이기에 직접 피부로 맞닿아본 사람이 없기 때문일까. 대부분이 그저 고대에서부터 전해져오는 전설, 설화와 관련된 뜬구름 잡는 내용이었다.

'레비아탄은 하루의 절반 이상을 수면으로 보내기에, 온화하다고 착각을 할 수도 있다. 그러나 그 성정은 본질부터 흉포하여, 제 영역 안에 들어온 생명체는 결코 용납을 하지 않는다. 거기에 신기한 점은. 레비아탄이 물에 사는 몬스터임에도 불구하고 초고열의 마그마를 입으로 발사하기

도…….'

그렇게 이런저런 정보를 무려 한 시간여 동안 뒤지던 도중, 드디어 세진은 레비아탄의 직접적인 능력에 관한 정보를 찾을 수 있었다.

'마나의 원천은 자연이고, 자연은 물로부터 시작되었다. 그렇기에 레비아탄이 대기 중의 마나를 자유자재로 다룰 수 있다는 건 그리 미스터리한 일도 아니다.'

'레비아탄은 자신의 몸과 맞닿은 물체 혹은 유체의 마나를 본능적으로 이해할 수 있으며, 그 마나를 복제하는 게 가능하다.'

마치 머릿속에 불빛이 번쩍 피어오르는 듯한 느낌이었다.

아무래도 이건, '물의 지배자'라는 스킬의 생각지도 못했던 활용 방법.

그는 퍼뜩 일어나 화장실로 향했다.

세진은 일단 욕조에 물을 잔뜩 틀어 놓고, 레비아탄 폼으로 변했다. 그리곤 물에 일정 부분 스며들어 있는 '마나'를 분리하는 작업을 반복했다.

실제로 이렇게 하니 평생 동안 F-등급에 머물러 있을 것 같았던 스킬의 숙련도가 올랐고, 아주 희미하게나마 마나와 물이 분리되는 신비한 장면을 목격할 수 있었다.

그러나 문제는 정신력이었다.

"끼잉."

그렇게 약 20분 정도를 반복했을까. 어느 순간 머리가 아득해지며 온몸에 힘이 쫙 빠졌다.

이건 마나가 고갈될 때 생기는 '그로기'라는 상태.

세진이 난생 처음 경험해 보는 후유증은 예상보다 심했다. 그렇게 머리에 뿔 달린 물범은 약 10분 동안, 아무 행동도 못 하고 물이 가득 차 있는 욕조에 두둥실 떠다니게 되었다.

다음날 김세진은 몬스터 필드로 향했다. 그러나 이번에는 인간의 형태가 아니었다. 꽤 오랜만에 네 발 달린 흑색 늑대 폼으로 철창을 넘어서.

'……되게 오랜만이네.'

그는 가장 먼저 최하급 필드에서도 특히 후미진, 산기슭의 한쪽에 숨겨진 동굴로 왔다.

덩굴과 이끼, 크게 자란 초목이 입구를 가려 멀리서 보면 이곳에 동굴이 있는지 그 누구도 알아차리기 힘든, 그래서 아주 오랫동안 세진의 보금자리가 되어주었던 동굴.

참 오랫동안 살았던 동굴이다. 막바지에는 나가고 싶어 안달이었지만, 그래도 오랜만에 찾아오니 괜한 감회가 가슴을 적셨다.

"흠."

흑색 늑대는 어느새 인간의 형태로 변해 동굴의 입구로 발을 내디뎠다.
"……?"
한데 들어가자마자 이상한 물건이 하나가 눈에 띄었다. 최선을 다해 만들었던 돌침대 위에, 마치 생일선물처럼 포장되어 있는 네모난 상자.
그는 잔뜩 경계한 채 그 상자로 차근차근 다가갔다.
"……아 혹시."
그러다 불현듯, 김유린이 고블린이었던 자신에게 치유를 받고 떠나기 전 했었던 약속이 떠올랐다.
'나중에 꼭 제대로 된 선물 들고 찾아올 테니까!'
유쾌한 기억이다.
아마 저것은 김유린이 그때 약속했던 선물.
그녀는 아직까지도 당시의 기억을 잊지 않고 있었다.
이 동굴에서 거주하는 동안에는 내심 그녀를 기다렸었는데, 아마 그동안은 일이 바빠서 찾아오지 못했던 것이겠지. 어쩌면 여기까지 오는 길을 못 찾아 헤맸을 수도 있고.
실제 김유린의 성격을 보아하면, 아무래도 후자일 가능성이 높아 보인다.
'열어볼까.'
그는 입가에 진한 미소를 머금은 채, 천천히 상자의 문을 열었다.

"……."

상자 안에는 종이 한 장과 팔찌 하나가 있었다.

종이에는 김유린의 세심한 배려가 돋보였다. 그녀는 고블린이 한글을 제대로 읽지 못할 것을 염려하여, 뒷면에 편지를 쓰고 앞면에는 그림을 그려 놓았다.

그리고 이 팔찌는…….

[약속의 팔찌] 등급: 상품 내구도 10/10

-착용자에게 행운을 가져다주는 아티펙트입니다.

"상품?"

세진이 멍하니 중얼거렸다. 상품이라니. 뭐 이렇게 비싼…….

그러고 보니 그때 레스토랑에서 장비를 사느라 돈이 부족하다고 말한 적이 있었지.

'……뭔 생사도 모르는 몬스터한테 이런 비싼 걸 선물해.'

물론 목숨 값보다는 싸긴 하지만…… 그래도 이건 너무 천사인데.

그는 그녀가 놓고 간, 아름다운 오색 팔찌를 한참동안이나 멍하니 바라보았다.

팔찌는 일단 영체화하여 몸속에 보관하고서, 세진은 다시금 동굴 밖으로 나와 하급 지대로 향했다.

중급 지대가 아닌 하급 지대인 이유는 새로운 몬스터의 육성을 위해.

물론 아탄이는 해수 몬스터이니 만큼 동해 쪽에서 사냥을 하는 게 옳겠지만…… 바다는 특별히 몬스터 등급 구간이라는 게 정해져 있지 않다.

그냥 기사단과 정부가 관리하는 안전한 항로와 그렇지 않은 항로. 둘 만이 존재할 뿐. 그 이외의 바다에서는 어떤 몬스터가 나오는지 예측이 힘들다.

"……낑낑."

그래서 지금 세진은 나약한 바다 괴수가 되어 땅바닥에 배를 질질 끌며 이동하고 있다.

이 몬스터의 공격 방법은 이미 어느 정도는 익혀 두었다.

가장 기본적인 방법으로는, 입으로 물을 쏘아 그 물이 상대의 피부에 맞닿으면 그 수분을 고열로 끓게 하는 것.

인간형으로는 물이 피부에 닿아야 그 온도의 조절이 가능하지만, 아탄이 폼으로는 반경 50m 범위에 있는 모든 수분은 물론 그 물에 포함된 '마나'까지도 조종할 수 있다.

그러나 이것만으로는 부족하다고 생각했다. 그래서 인터

넷에서 뒤져본 레비아탄의 정보로 말미암아 알아낸 한 가지, 어마어마한 활용법이 더 있다.

'마나는 곧 자연.'

수많은 반복수련 끝에 아주 조금의 실마리를 잡은 방법이다.

바닷속에 사는 '레비아탄이 왜, 어째서 물이 아닌 불 혹은 독을 내뿜을 수 있는지'에서 영감을 얻었다.

마법사들은 언제나 말한다.

'마나는 무엇이든지 될 수 있다'고.

그리고 그들은 그 증거로 '마법'을 예시로 든다. 무에서 유를 창조하는, 하나의 기적이나 다름없는 현상.

그러나 그것은 무에서 유를 창조해 내는 게 아니고, 엄연히 마나라는 재료가 존재한다. 마나의 성질과 속성을 변화, 재조립해 내야만 그것이 바로 '마법'이 된다.

거기에 '물의 지배자'라는 스킬의 의의가 있다.

즉, 물에 상주하는 마나의 성질과 속성을 재조립하고 변화하여, 그것을 불 혹은 독으로 발사한다. 어쩌면 마법과도 비슷한 행위.

그러나 레비아탄은 종족적 특징으로서 자신의 '비늘'에 닿은 모든 물질의 마나를 이해하고 기억할 수 있어, 마법사와는 달리 복잡한 영창이 필요 없다.

'되겠지.'

집에서 한두 번은 성공했으니, 이제 실전에서 한 번 시험해 볼 차례다.

몬스터를 상대로 물이든 불이든 흙이든 재든 빛이든 벼락이든. 뭐든지 한번 거하게 뿜어내 보자.

그러나 그 계획은 초장부터 어긋났다.

부르르르르르-

별안간 대지가 심상치 않게 진동하기 시작했다.

세진은 당황하며 주변을 둘러보았다. 초목이 스산하게 떨고, 새-혹은 비행형 몬스터-들은 하늘을 향해 번쩍 날아오른다.

'지진인가?'

그렇다면 큰일이다.

지진은 높은 확률로 '몬스터 난동'을 동반한다. 몬스터 난동이란 어떠한 이유로 중급-중상급 지대의 몬스터가 그 하위의 구간으로 물밀듯이 내려오는 일종의 소요사태를 의미.

만약 이 사태가 벌어질 경우, 자신의 등급에 아슬아슬하게 맞춰서 사냥하는 기사나 사냥꾼들은 심각한 인명피해를 입게 된다.

'일단 도망을…….'

그는 일단 인간폼으로 변해 도망가려 했다. 그러나 어디선가 빛이 반사해와 이쪽의 눈을 찔렀다.

'뭐야.'

세진이 미간을 살짝 좁힌 채 그쪽으로 시선을 옮겼다.

"……꿀꺽."

카메라와 카메라맨이었다. 수풀 속에 숨어 있는 카메라 렌즈에 불빛이 반사되어, 이쪽의 눈을 공격한 듯했다.

세진은 순간 심장이 철렁 내려앉았다. 저것도 모르고 인간화를 했다간 그대로 인생 끝나는 지름길이 되었을 터.

'……촬영하고 있는 건가?'

한데 자세히 보니 뒤에 몇 명이 더 있었다. 최하급~하급 지대는 일반인의 출입이 허가된 유일한 몬스터 필드.

'기사의 조건'이라는 예능이 대박을 쳐서, 요즘은 몬스터 관련 프로그램이 많이 제작되고 있다고는 했다.

실제로 세 개 정도의 프로그램이 요 두 달 내내 이 하급 지대에서 촬영을 하고 있다고 들은 것도 있고, 직접 두 눈으로도 봤다.

그렇게 생각하니 괜히 긴장됐다. 하급 지대에서 촬영을 한다면, 혹시 모를 사태를 대비해 최소 중급 정도 되는 기사가 함께하고 있을 터.

'아. 그냥 바다로 갈 걸.'

아탄이는 원래 바다 몬스터. 육지에서는 영 힘을 못 쓴다.

흑색 늑대가 보유한 여러 패시브 스킬이 다른 몬스터폼에서도 두루 적용되어 그나마 앞을 보고 소리를 들을 수 있는 거지, 그게 아니었으면 카메라가 있는 것도 인지를 하지 못했을 공산이 크다.

게다가 저들은 냄새와 기척을 제거하는 아티펙트까지 착용하고 있으니…….

'그래도…… 갑자기 달려들진 않겠지?'

이렇게 귀여운데.

실제로 카메라 쪽에서도 긴장하면서 계속 찍기만 할 뿐, 별다른 기척은 느껴지지 않는다. 레비아탄의 새끼에 관한 내용은 어디에도 없으니, 그저 희귀한 몬스터인가 보다 하고 갑작스레 등장한 대박에 반가워하고 있을 뿐이겠지.

"낑, 낑."

그래서 세진은 부러 귀여운 소리를 내며, 짧은 두 팔로 땅을 짚어가며 이동했다. 그러자 어디선가 희미하게, 허업-하며 숨이 넘어가는 소리가 들려왔다.

'이거 잘하면 홍보되겠는데?'

아탄이 캐릭터 등록은 이미 완료했다. 물량도 적고 한정이지만 그래도 정식적으로 판매할 물건이니까.

그렇게, 세진이 움직일 때마다 카메라가 그 모습을 아주 조심스레 좇기를 반복했다.

그러나 그 낙관적인 상황은 고작 5분 동안만 유지되었을 따름이다.

"으아악! 뭐야!"

으레 그렇듯. 인간은 눈앞의 이득에 눈이 멀어 가장 중요한 걸 놓치곤 한다.

방금 소소하게나마 일었던 지진. 그것은 하나의 전조였다.

"꺄아아악-!"

별안간 하늘에서 하나의 생명체가 쏜살같이 내려와 스태프의 다리를 물어뜯었다.

찢겨나간 사지가 하늘 높이 떠오르더니, 땅바닥 어딘가로 떨어졌다.

그 끔찍한 사태에 수풀에 숨어 있던 모두의 시선이 하늘로 향했다.

그리핀.

매의 머리와 사자의 몸통으로 이뤄진, 중급 지대의 창공을 지배하는 비행 몬스터. 그리핀은 본래 중급 지대와 중상급 지대의 경계에서 거주하는 몬스터로, 본래 이곳에 있어서는 안 된다.

그러나 지금은 일종의 유사시.

원인은 모르지만, 방금 있었던 지진이 그 사실을 알려주었다.

"당황하지 마세요! 저희 뒤에 숨어 있으시면 됩니다!

네 명의 기사가 칼을 빼어 들고 그리핀을 응시했다. 하나 그리핀은 영리한 몬스터. 자신이 판단하기에 아주 약한 개체를 먼저 노리는 습성이 있다.

"끼에에엑-!"

놈은 귀를 찢을 듯한 비명을 내지르며, 마치 벼락처럼 낙하해 또 다른 스태프의 팔을 물어뜯었다.

여자 스태프의 처절한 비명과 울음소리가 울리고, 세진은 고민에 빠지게 되었다.

to be continued